ZADIG OU DO DESTINO

ZADIG OU DO DESTINO

Voltaire

Tradução
MÁRCIA VALÉRIA MARTINEZ DE AGUIAR

Martins Fontes
São Paulo 2002

Esta obra foi publicada originalmente em francês com o título
ZADIG OU LA DESTINÉE, HISTOIRE ORIENTALE.

1ª edição
maio de 2002

Tradução
MÁRCIA VALÉRIA MARTINEZ DE AGUIAR

Revisão gráfica
Maria Fernanda Alvares
Ivete Batista dos Santos
Célia Regina Camargo
Produção gráfica
Geraldo Alves
Paginação/Fotolitos
Studio 3 Desenvolvimento Editorial

Dados Internacionais de Catalogação na Publicação (CIP)
(Câmara Brasileira do Livro, SP, Brasil)

Voltaire, 1694-1778.
Zadig, ou, Do destino / Voltaire ; tradução de Márcia Valéria Martinez de Aguiar. – São Paulo : Martins Fontes, 2002. – (Clássicos).

Título original: Zadig ou la destinée, histoire orientale.
Bibliografia.
ISBN 85-336-1471-3

1. Contos franceses 2. Voltaire, 1694-1778. Zadig – Crítica e interpretação I. Título. II. Título: Do destino. III. Série.

02-1808 CDD-843

Índices para catálogo sistemático:
1. Contos : Literatura francesa 843

Livraria Martins Fontes Editora Ltda.
Rua Conselheiro Ramalho, 330/340 01325-000 São Paulo SP Brasil
Tel. (11) 3241.3677 Fax (11) 3105.6867
e-mail: info@martinsfontes.com.br http://www.martinsfontes.com.br

Índice

Apresentação

Foi Voltaire o criador de um gênero literário novo: o diálogo filosófico*, no qual se evidencia o seu ágil, fantasioso e supremo talento. *Zadig* pertence a esse gênero, e revela melhor o gênio do escritor que se tornou um símbolo da razão livre, rebelde à crença cega, à intolerância, à injustiça, ao fanatismo. Neste conto, o autor apresenta o problema do destino humano, e o resolve sem reticências ("com reticências", supuseram Leibniz e Pope), numa narrativa que tanto agrada à imaginação quanto instrui o espírito.

Na edição dos Cramer, em Genebra, de 1775, ainda em vida de Voltaire, na apresentação e notas, diz Henri Bénac que *As viagens de Escarmentado*, de 1756, e *Cândido*, de 1759, marcam "uma etapa importante na luta filosófica e uma evolução na técnica do conto"**. Foi isso devido ao labor intelectual de Voltaire nos anos de 1752 a 1755, escrevendo o *Essai sur les moeurs*, que lhe permitiu ver mais amplamente no espaço e no tem-

* *Diálogos filosóficos*, de Voltaire, Martins Fontes, a editar.

** V. "Prefácio, I. Voltaire e o conto", em *Cândido*, Martins Fontes, São Paulo, 1998.

po o destino do homem. Torna-se o conto universal, e daí Escarmentado e Cândido andarem por todas as regiões da Terra.

Nesses contos transparece a tristeza de Voltaire ante o espetáculo de loucuras e horrores da história do homem: guerras, incoerências de seu tempo, acontecimentos como o terremoto de Lisboa, ... Mesmo assim, falava de "novos tempos": "Haverá sem dúvida um dia uma grande revolução nos espíritos. Um homem de minha idade não a verá, mas morrerá na esperança de que os homens serão mais inteligentes e menos duros". Podem estar chegando esses "novos tempos", antevistos por Voltaire.

Nas irritações de Escarmentado e de Cândido, estão as irritações do próprio Voltaire ante os absurdos de literatura metafísico-otimista inspirados em Wolf e, sobretudo, em Leibniz. Tal exasperação cada vez maior de Voltaire, diz Henri Bénac, é que "explica o *Candide*, no qual a ironia tensa, violenta contrasta com a luminosidade sorridente de *Zadig* e de *Micromège*". Tratava-se de pessimismo? Não! Era apenas a crença de que tudo ia mal no pior dos mundos, e não no melhor dos mundos possíveis, como pensavam Wolf e Leibniz.

Acrísio Tôrres

....

* Loc. cit. p. VII.

Introdução

Nota sobre Zadig

Zadig inicialmente chamou-se *Memnon*. O conto foi publicado em julho de 1747 com este título, sem que nada saibamos a respeito da data e das circunstâncias de sua redação. Desse *Memnon* não constavam nem a dedicatória à sultana Sheraá (madame Pompadour), nem os episódios de Yebor (o bispo Boyer, chefe do partido devoto), da moça e dos dois magos, da ceia, do pescador. Voltaire imprimira-o em Amsterdam; pediu ao conde de Argenson, ministro da Guerra em visita aos exércitos, que introduzisse clandestinamente na França certo número de exemplares. Foi provavelmente repelido, pois *Memnon* permaneceu desconhecido do público francês.

Em outubro de 1747, madame du Châtelet participa, em Fontainebleau, do jogo da rainha. Perde, obstina-se, acaba devendo somas enormes. Voltaire, ao seu lado, impacienta-se: "Estais jogando com velhacos", murmura em inglês. A frase é ouvida e entendida. É obrigado a refugiar-se em Sceaux, na residência da duquesa de Maine. Trancafia-se atrás das venezianas fechadas. Toda noite, perto das duas horas, desce aos aposentos da duquesa, ceia e conta-lhe algum episódio de seus contos, entre os quais um *Memnon* em via de tornar-se *Zadig*. Talvez date de novembro de 1747 um manuscrito, hoje em Leningrado: uma cópia feita por Longchamp (refugiado, junto com Voltaire, em Sceaux) dos capítulos O basilisco, Os combates, O eremita (início), com correções de Voltaire. As variantes desse manuscrito apresentam um estado do texto intermediário entre *Memnon* e *Zadig*. Nelas vemos Voltaire hesitar quanto aos nomes próprios: o Itobad de *Memnon* torna-se Itobal (nome definitivo); a "bela caprichosa", que se chama Marie no *Memnon*, torna-se Isela e acaba recebendo o nome de Missuf. Os nomes próprios constituem um elemento essencial de seus personagens, e muitas vezes Voltaire não acha imediatamente o mais apropriado.

Pouco depois *Zadig* já diverte um público mais amplo. Voltaire sai da clandestinidade sem deixar Sceaux. Para agradecer a anfitriã, organiza festas: comédias, óperas, concertos. Algumas vezes, como entremez, lê *Zadig*, *Babuc*, e um *Memnon* que não tem mais que o título em comum com o de julho de 1747. Nos meses seguintes, apresenta essas mesmas bagatelas diante da corte de Lorraine, em Lunéville e em Commercy. Encantados, os auditores pedem que o autor lhes forneça um texto. Ele promete e dessa promessa nasce uma edição de *Zadig* que ele pretende limitar a mil exemplares. Mas como impedir o editor de aumentar subrepticiamente a tiragem? Este recorre a uma artimanha singular. Dá a Prault a primeira metade do manuscrito, a Machuel a segunda. Depois, quando um reclama a seqüência e o outro o começo, recusa categoricamente. Os livreiros são obrigados a ceder-lhe cada qual sua metade da obra, invendável. Agora é só mandar encadernar as duas partes juntas. *Zadig* assim reconstituído é publicado em setembro de 1748. Voltaire renega-o; mas algum tempo depois, diante do sucesso, admite ser o autor.

Ainda revisará duas vezes o texto. Em 1752, acrescenta a anedota de Yebor e uma amabilidade endereçada a Frederico II. Em 1756, suprime a anedota de Irax, desdobra o capítulo dos Julgamentos em dois: O ministro, As audiências. Entre 1752 e 1756 escreverá também *A dança* e *Os olhos azuis*: guarda-os para si, provavelmente a fim de preservar o equilíbrio geral da narração; eles só aparecerão na edição póstuma de Kehl.

Zadig é a história de uma viagem. O herói, simples burguês de Babilônia, torna-se pelo próprio mérito primeiro-ministro (caps. 1-8); uma intriga faz com que fuja para o Egito, onde se torna escravo; nessa condição percorre a Arábia, e vai se recompondo pouco a pouco (caps. 9-13); o amor por Astarté chama-o de volta a Babilônia; reencontra a rainha, triunfa da adversidade e sobe ao trono (caps. 14-19). Composição harmoniosa. Entretanto, comparado com outras viagens (*As viagens de Escarmentado, Cândido, A princesa de Babilônia*), o itinerário de Zadig não lhe permite visitar muitos países. Mesmo somando-se a excursão dos dois capítulos póstumos à ilha de Serendib, continuamos na mesma região, o Oriente filosófico do século XVIII.

Os trabalhos de Voltaire entre os anos 1745-1747 explicam essa limitação. Preparando o *Ensaio sobre os costumes*, ele está mergulhado no estudo do Oriente antigo: examina minuciosamente Herbelot (*Biblioteca Oriental*, de onde vem o nome de Zadig, do árabe Sadik: justo), a obra do inglês Hyde (*Historia religionis veterum Persarum*, contendo uma tradução de *Sadder*), as *Viagens* de Chardin, Bernier, Tavernier. Publica no *Mercure* o resultado de suas pesquisas: os primeiros capítulos do futuro *Ensaio* tratando do Oriente. Ao mesmo tempo sua imaginação, acionada, frutifica em cima dessa documentação exótica: produz a tragédia *Semiramis* (1748), escreve *Zadig*. Este conto, assim como *Babuc* ou o outro *Memnon*, ainda não se propõe comparar as civilizações, ponto a que o desenvolvimento do *Ensaio sobre os costumes* levará as ficções de Voltaire: restringe-se às roupagens orientais, o que em 1747 não poderia ser considerado novidade.

Roupagens que entretanto não provêm da pura fantasia. *Zadig* coloca um problema de filosofia "oriental", o do "destino" (subtítulo do conto). A presença permanente do sábio babilônio e suas interrogações formam o laço entre as diversas aventuras. No início, Zadig, considerando sua posição e seus méritos, acredita poder ser feliz. Periodicamente, recapitulando seus infortúnios, volta ao tema central. A interrogação atinge o patético para sublinhar dois momentos críticos: fugindo de Babilônia, Zadig indigna-se com constatar que "tudo o que praticou de bem sempre foi para ele fonte de desgraças"; só encontra alguma serenidade na contemplação da abóbada celeste. Mais tarde, todas suas esperanças tendo sido destruídas pelo cavaleiro verde, ele acusa a Providência. O desenvolvimento da idéia confunde-se com a progressão da ação até o desfecho. Mas aqui produz-se um descompasso. A conclusão resumida no "mas" de Zadig está dissociada do desfecho romanesco que assegura ao herói o trono de Babilônia e a mão de Astarté: no *Cândido*, ao contrário, o "jardim" dará ao conto sua conclusão ao mesmo tempo filosófica e narrativa.

É visível que Voltaire projeta em Zadig uma imagem de si mesmo. O acadêmico, o historiógrafo, o fidalgo comum da câmara do rei expressa por personagem interposto sua amargura de homem bem-sucedido. Decepcionado desde o momento em que vê de perto as engrenagens do Poder, e transitando dificilmente por entre as cabalas da corte, erige em Zadig um requisitório: corrupção e tolice correm a rédeas soltas, pois o rei não governa. Moabdar, ao sabor de seus caprichos, entrega-se a um ministro que soube agradá-lo, a uma favorita que o subjuga. A homenagem à sultana Sheraá é corrigida pelo retrato da bela Missuf, na qual a madame Pompadour deve ter-se reconhecido. A partir de 1741 as malogradas campanhas da guerra contra a Áustria expõem as debilidades da monarquia francesa. Voltaire conta as desgraças que teme: Babilônia presa da anarquia, invadida por um poderoso vizinho. Indica o remédio: que um soberano tal como Zadig, absoluto mas "esclarecido", faça reinar "a paz, a glória, e a abundância". O sábio babilônio realiza a ambição de Voltaire de governar os homens para produzir o bem destes.

Mas o conto esconde algo mais pessoal. É o Voltaire dos anos 1745-1747 que nele se exprime: irritável, dispéptico, desgastado pela vida da corte e pelas complicações de suas relações femininas. As cartas à sua sobrinha revelaram um segundo plano durante muito tempo ignorado: os capítulos iniciais comportam referências não supostas. A senhora Denis não é de uma fidelidade exemplar, ele bem o sabe. Desejaria arrastar essa mundana leviana para algum retiro filosófico: sonho então irrealizável. Junto com seu herói, ele se interroga sobre "o destino". O que é este mundo onde tudo parece funcionar aleatoriamente, onde é "tão perigoso sair à janela"?

Voltaire conhece a resposta do providencialismo clássico, que enunciou na sua filosofia de Cirey. O anjo-eremita vem fazer uma demonstração pelo exemplo, completada por um sermão. Deveríamos admitir que esse "reverendo-pai" fala em nome do autor? O argumento é grosseiro, pueril mesmo. Não ousaríamos afirmar que Voltaire assim pretendeu. Ao contrário, não seria esse o sinal de que teria cessado de aderir a ele? Voltaire está do lado de Zadig: objeta seus "mas" aos argumentos do anjo leibniziano. Este tendo recorrido, para resolver a questão, a uma demonstração sobrenatural, Zadig "adora" e "se submete". Mas seu espírito não está convencido. Conclusão incerta. Em face de um mundo desconcertante, Zadig não define uma filosofia; ele propõe uma atitude: um humor temperado pela inquietude.

René Pomeau

Cronologia

1694. Nasce em Paris François-Marie Arouet, conhecido por Voltaire.

1704. Voltaire ingressa no colégio dos jesuítas de Luis-le-Grand.
Derrota do exército francês em Hoechstaedt.

1713. Paz de Utrecht. Voltaire está em Haia, como secretário do embaixador da França.

1715. Morre Luís XIV.

1717. Voltaire é preso e fica onze meses encerrado na Bastilha.

1718. Primeiro grande sucesso de Voltaire, com a tragédia *Oedipe*.

1723. É publicada a primeira edição da *Henriade*, poema épico sobre as guerras religiosas e sobre Henrique IV.

1726. Espancado por ordem do cavaleiro de Rohan, Voltaire é preso na Bastilha e depois exilado na Inglaterra.

1728. Voltaire volta para a França.

1731. Publica clandestinamente *Histoire de Charles XII*.

1732. Sucesso triunfal da tragédia *Zaïre*, representada em toda a Europa.

1734. As *Lettres philosophiques*, publicadas sem autorização legal, provocam escândalo. Ameaçado de prisão, Voltaire se refugia em Cirey, na Champagne, na casa de sua amiga Madame du Châtelet.
1736. Inicia-se a correspondência de Voltaire com Frederico, que em 1749 se tornará rei da Prússia.
1737-1739. Longas temporadas em Cirey. Voltaire estuda os elementos da filosofia de Newton, começa *Mérope*, adianta *Discours sur l'homme*.
1739. Voltaire envia a Frederico *Le voyage du baron de Gangan*.
1740. Primeiro encontro de Voltaire com Frederico, nesse ano coroado rei da Prússia. O rei quer retê-lo na corte, mas Voltaire só permanece em Berlim por algumas semanas.
1741. Guerra de Sucessão da Áustria.
1743. Entram no ministério os irmãos d'Argenson, amigos de Voltaire. Ele cumpre uma missão secreta em Berlim.
1745. Madame de Pompadour torna-se favorita do rei Luís XV e, por sua influência, Voltaire torna-se poeta da corte e historiógrafo do rei. Escreve *Histoire de la guerre de 1741*. No *Mercure de France*, são publicados alguns capítulos de *Essai sur les moeurs*, tratando do Oriente.
1746. Voltaire é eleito para a Academia Francesa.
1747. Em junho, é publicada *Memnon*, primeira versão de *Zadig*. Por uma impertinência de Voltaire, ele é alvo do desagrado da corte. Refugia-se no castelo de Sceaux, da duquesa de Maine, para quem escreve vários contos.

1748. Passa temporadas em Nancy, na corte do rei Estanislau.
Paz de Aix-la-Chapelle. Montesquieu: *O espírito das leis*. Hume. *Ensaio sobre o entendimento humano*.
1749. Morre Madame du Châtelet.
1750. Nomeado camareiro-mor de Frederico II, Voltaire parte para Berlim.
Rousseau: *Discours sur les sciences et les arts*.
1751. Voltaire termina *Le siècle de Louis XIV*. É publicado o tomo I da *Encyclopédie*.
1752. Publicação de *Micromégas*. Em outubro, Voltaire escreve um panfleto contra Maupertuis, presidente da Academia de Berlim, que é defendido por Frederico II.
1753. Voltaire deixa a Prússia. Uma ordem de Frederico II o retém preso em Frankfurt por cinco semanas, por ter levado consigo um exemplar da obra de poesia do rei.
1754. Voltaire tenta instalar-se na Alsácia, mas sofre a oposição dos religiosos, dos devotos e dos fiéis.
1755. Voltaire instala-se então na Suíça, perto de Genebra.
Terremoto em Lisboa.
Rousseau: *Discurso sobre a origem da desigualdade*.
1756. Abalado pelo terremoto de Lisboa, Voltaire escreve *Poème sur le désastre de Lisbonne*. Início da Guerra dos Sete Anos, na qual Voltaire interfere em favor do almirante inglês Byng. Entrega para publicação *Essai sur les moeurs et l'esprit des nations*.

1757. Desastre francês em Rossbach. Execução do general Byng, na Inglaterra. Os partidos religiosos na França se unem contra os enciclopedistas. O artigo *Genève* da *Encyclopédie* provoca escândalo, ameaçando a tranqüilidade do retiro de Voltaire, que reata a correspondência com Frederico II.

1758. Voltaire escreve *Candide* e suas memórias, depois abandonadas. Compra as terras de Ferney, em território francês, perto da fronteira suíça, para onde se muda acompanhado da sra. Denis, sua sobrinha.

Rousseau: *Lettre sur les spectacles*, em resposta ao verbete *Genève.*

1759. Publicação de *Candide.* A condenação da *Encyclopédie* leva Voltaire à produção de muitos panfletos contra os inimigos dos filósofos: *Relation de la maladie du jésuite Berthier*, *Le pauvre diable*, *La vanité*, entre outros.

1760. Franklin: invenção do pára-raios.

Diderot: *La religieuse.*

1761. Rousseau: *La nouvelle Héloïse.*

Sob a assinatura de marquês de Ximenes, Voltaire escreve *Lettres sur La nouvelle Héloïse*, marcando o início das hostilidades com Rousseau.

1762. Voltaire lança-se numa campanha para reabilitar Jean Calas, executado em Toulouse, sob a falsa acusação de ter matado o próprio filho.

1763. Voltaire publica o *Traité sur la tolérance.*

Fim da Guerra dos Sete Anos. A França perde o Canadá e a Índia.

1764. Publicação do *Dictionnaire philosophique*. A uma acusação de Rousseau em *Lettres sur la montagne*, Voltaire replica com o cruel panfleto *Sentiment des citoyens*. Início do Caso Sirven, protestante francês acusado de matar a filha para impedi-la de se tornar religiosa. Condenado, ele fugiu para a Suíça e pediu ajuda de Voltaire.

1765. Ocorre a reabilitação de Calas, acolhida por Voltaire como "uma vitória da filosofia".

1766. Voltaire publica *Le philosophe ignorant*.
O cavaleiro de la Barre é executado, acusado de manifestações libertinas durante a passagem de uma procissão, atitude atribuída à influência dos filósofos.

1767. Publicação de *Anecdote sur Bélisaire* e *Questions de Zapatta*, contra a Sorbonne, *Le dîner du comte de Boulainvilliers*, contra o cristianismo, e *L'ingénu*.

1770. Voltaire começa a publicar *Questions sur l'Encyclopédie* (nove volumes).
Nascimento de Hegel.

1771. Extinção dos antigos parlamentos, criação dos "Parlements Maupeou", com aprovação de Voltaire. Sirven é absolvido definitivamente.

1773. Voltaire adoece gravemente.

1774. Publicação de *Taureau blanc*. Luís XIV sobe ao trono. Voltaire apóia por uma campanha na imprensa as reformas empreendidas pelo ministério de Turgot. Tenta sem sucesso obter a reabilitação do jovem d'Etallonde, condenado por impiedade na mesma época que o cavaleiro de la Barre.

1775. O editor Cramer publica as *Oeuvres complètes*, última edição realizada enquanto Voltaire estava vivo, tendo sido acompanhada e controlada por ele.

1776. Publicação de *La Bible enfin expliquée*.
Declaração de independência das colônias inglesas.
Adam Smith: *A riqueza das nações*.

1778. Doente, Voltaire volta para Paris em fevereiro. Em 30 de março, sua apoteose, com sessão de honra na Academia e representação triunfal da tragédia *Irène*. Morre no dia 30 de maio e, apesar das interdições, é enterrado na abadia de Scellières, na Champagne.

ZADIG OU DO DESTINO

ZADIG OU DO DESTINO

História Oriental

Epístola dedicatória de Zadig à Sultana Sheraá

Por Sadi

10 do mês de Schewal, ano 837 da hégira.

Encanto dos olhos, tormento dos corações, luz do espírito, não beijo a poeira de vossos pés, porque não caminhais, ou o fazeis sobre tapetes do Irã ou sobre rosas. Ofereço-vos a tradução de um livro de um antigo sábio que, tendo a felicidade de nada ter a fazer, teve a de se divertir escrevendo a história de Zadig, obra que diz mais que parece dizer. Rogo-vos ler e julgar: pois, ainda que estejais na primavera da vida, ainda que todos os prazeres vos reclamem, ainda que sejais bela e que vossos talentos somem à vossa beleza; ainda que vos louvem da noite à manhã, e que por todas essas razões tenhais o direito de não ter bom senso, contudo tendes o espírito bastante prudente e o gosto muito fino, e já vos vi argumentar melhor que velhos dervixes de longa barba e chapéu pontudo. Sois discreta e não sois desconfiada; sois meiga sem serdes fraca; sois benévola com discernimento; amais vossos amigos e não fazeis inimigos. Vosso espírito não busca adornar-se com tiradas maledicentes; nunca dizeis maldades nem as fazeis, apesar da prodigiosa facilidade que teríeis para isso. Enfim, vossa alma sempre me pareceu pura como vossa beleza. Tendes mesmo um pequeno fundo de filosofia, o que me fez acreditar que sentiríeis mais prazer do que qualquer outra com esta obra de um sábio.

Foi escrita inicialmente em caldeu antigo, que nem vós nem eu entendemos. Traduziram-na para o árabe, para divertir o célebre sultão Ulug-beb. Naquela época árabes e persas estavam começando a escrever as *Mil e uma noites*, os *Mil e um dias* etc. Ulug preferia a leitura de *Zadig*; mas as sultanas preferiam os *Mil e um*. "Como podeis preferir, dizia-lhes o sábio Ulug, contos desarrazoados, e que nada significam? – É precisamente por isso que gostamos deles – respondiam as sultanas."

A convicção de que não julgareis como elas e de que sereis um verdadeiro Ulug enche-me de orgulho. Espero mesmo que, quando vos cansardes das conversas gerais, que se parecem bastante com os *Mil e um*, com a diferença de serem menos divertidas, poderei encontrar um minuto para ter a honra de fazer-vos ouvir a voz da razão. Se fôsseis Talestris na época de Scander, filho de Filipe; se fôsseis a rainha de Sabá na época de Soleimão, esses reis é que fariam a viagem.

Rogo às virtudes celestes que vossos prazeres sejam sem mácula, vossa beleza duradoura e vossa felicidade sem fim.

Sadi.

O caolho

Nos tempos do rei Moabdar, havia em Babilônia um jovem chamado Zadig, dono de uma beleza natural apurada pela educação. Ainda que rico e jovem, sabia moderar as paixões; não afetava nada, não queria ter sempre razão e sabia respeitar a fraqueza dos homens. Era espantoso que mesmo tendo muito espírito nunca se pusesse a zombar desses discursos tão vagos, tão fragmentários, tão tumultuosos, dessas maledicências temerárias, dessas decisões ignorantes, dessas mistificações grosseiras, desse vão palavrório que chamavam de *conversação* em Babilônia. Aprendera no primeiro livro de Zoroastro que o amor-próprio é um balão cheio de vento, do qual saem tempestades quando espetado. Acima de tudo Zadig não se gabava de desprezar as mulheres e de subjugá-las. Era generoso; não temia agraciar os ingratos, seguindo este grande preceito de Zoroastro: *Quando comeres, dá de comer aos cães, mesmo que te mordam.* Era tão sábio quanto se pode ser, pois procurava viver entre sábios. Iniciado nas ciências dos antigos caldeus, não ignorava os princípios físicos da natureza, tais como se conheciam então, e sabia da metafísica o que sempre se soube dela em todas as épocas, quer dizer, bem pouca coisa. Estava firmemente persuadido de que o ano tinha trezentos e sessenta e cinco dias e um quarto, apesar da nova filosofia de sua época, e de que o sol ficava no centro do mundo; e, quando os principais magos lhe diziam, com uma altivez insultante, que tinha maus sentimentos, e que era ser inimigo do Estado acreditar que o sol girava em torno de si mesmo e que o ano tinha doze meses, calava-se sem cólera e sem desdém.

Possuindo grandes riquezas e portanto amigos, tendo saúde, uma figura amável, um espírito justo e moderado, um coração sincero e nobre, Zadig acreditou poder ser feliz. Devia casar-se com Semira, cuja beleza, nascimento, fortuna tornavam-na o primeiro partido de Babilônia. Tinha por ela um sentimento sólido e virtuoso, e Semira amava-o com paixão. Aproximava-se o momento afortunado que iria uni-los, quando, passeando juntos perto de uma porta de Babilônia, sob as palmeiras que ornavam as margens do Eufrates, viram dirigir-se a eles homens armados de sabres e flechas. Eram os satélites do jovem Orcan, sobrinho de um ministro, a quem os cortesãos do tio haviam feito crer que tudo lhe era permitido. Não tinha nenhuma das graças nem das virtudes de Zadig; mas, crendo valer muito mais, estava desesperado por não ser o preferido. Este ciúme, que provinha apenas da vaidade, fê-lo pensar que amava perdidamente Semira. Queria raptá-la. Os seqüestradores a apanharam e, nos arroubos de sua violência, feriram-na, fazendo correr o sangue de uma pessoa cuja visão teria enternecido os tigres do monte Imaús. Ela dilacerava o céu com seus lamentos. Exclamava: "Meu caro esposo! estão me arrancando àquele que adoro." Não ligava importância ao perigo que corria; só pensava em seu caro Zadig. Este, ao mesmo tempo, defendia-a com toda a força que dão o valor e o amor. Auxiliado apenas por dois escravos, pôs os seqüestradores em fuga e levou de volta a casa Semira, desfalecida e ensangüentada, que abrindo os olhos viu seu libertador. Disse-lhe: "Oh, Zadig! Amava-vos como meu esposo; amo-vos agora como aquele a quem devo a honra e a vida." Jamais houve coração mais comovido que o de Semira. Jamais boca mais encantadora exprimiu sentimentos mais tocantes com essas palavras de fogo que o sentimento do maior dos benefícios e o transporte mais terno do amor mais legítimo inspiram. Seus ferimentos eram leves; breve estava curada. Zadig ferira-se mais gravemente; uma flechada recebida perto do olho abrira-lhe uma ferida profunda. Semira só pedia aos deuses a cura de seu amado. Seus olhos estavam noite e dia banhados de lágrimas: esperava o momento em que os de Zadig pudessem gozar de seus olhares; mas um abcesso que sobreveio no olho ferido fez com que se temesse o pior. Mandou-se buscar em Mênfis o grande médico Hermes, que veio com numeroso cortejo. Visitou o doente e declarou que perderia o olho; predisse mesmo o dia e a hora em que esse funesto acidente devia acontecer. "Se fosse o olho direito, disse, eu o teria curado; mas as feridas do olho esquerdo são incuráveis." Babilônia inteira, lamentando o destino de Zadig, admirou a profundidade da ciência de Hermes. Dois dias depois o abcesso rebentou por si mesmo; Zadig ficou perfeitamente curado. Hermes escreveu um livro no qual provou que ele não devia ter sarado. Zadig não o leu; mas, assim que pôde sair, preparou-se para visitar aquela em que residia a esperança de felicidade de sua vida, e única para a qual queria ter olhos. Semira estava no campo há três dias. Soube a caminho que a bela dama, havendo declarado solenemente ter uma aversão insuperável pelos caolhos, acabara de se casar com ninguém menos do que o próprio Orcan. A essa notícia desvaneceu-se; a dor colocou-o à beira do túmulo; ficou longo tempo doente, mas por fim a razão venceu a aflição; e a própria atrocidade do que sentia serviu para consolá-lo.

"Já que amarguei, disse, um tão cruel capricho de uma moça educada na corte, devo desposar uma cidadã." Escolheu Azora, a mais séria e a mais bem nascida moça da cidade; esposou-a, e viveu um mês com ela nas doçuras da mais terna união. Porém, notava-lhe ligeira leviandade e grande tendência a sempre achar que os rapazes mais bem feitos eram os que mais tinham espírito e virtude.

O nariz

Um dia, Azora voltou de um passeio em grande cólera e soltando grandes exclamações. "Que tendes, disse ele, minha cara esposa? quem vos pôde colocar assim fora de vós mesma? – Ai de mim!, disse ela, ficaríeis como eu, se vísseis o espetáculo que acabo de testemunhar. Fui consolar a jovem viúva Cosru que erigiu, há dois dias, um túmulo para seu jovem esposo junto ao córrego que borda esta pradaria. Prometeu aos deuses, em sua dor, permanecer junto ao túmulo enquanto as águas do córrego corressem junto a ele. – Pois então!, disse Zadig, eis uma mulher estimável que amava verdadeiramente o marido! – Ah!, continuou Azora, se soubésseis de que se ocupava quando a visitei! – De que pois, bela Azora? – Fazia com que desviassem o riacho." Azora rebentou em invectivas tão longas, explodiu em imprecações tão violentas contra a jovem viúva, que esse fausto de virtude não agradou a Zadig.

Ele tinha um amigo, chamado Cador, que era um dos rapazes em quem a mulher achava mais probidade e mérito que nos outros: tornou-o seu confidente, e assegurou-se tanto quanto podia de sua fidelidade oferecendo-lhe um presente considerável. Azora, tendo passado dois dias na casa de uma amiga no campo, voltou para casa no terceiro dia. Criados em prantos anunciaram-lhe que o marido morrera subitamente naquela mesma noite, que não haviam ousado levar-lhe a funesta notícia, e que acabavam de sepultar Zadig no túmulo de seus pais, no fundo do jardim. Ela chorou, arrancou os cabelos, e jurou morrer. À noite, Cador pediu permissão para falar com ela, e os dois choraram juntos. No dia seguinte choraram menos e jantaram juntos. Cador confiou-lhe que o amigo lhe deixara a maior parte de seus bens, e fê-la entender que só seria feliz se partilhasse sua fortuna com ela. A dama chorou, zangou-se, acalmou-se; a ceia foi mais longa que o jantar; falaram-se com mais confiança. Azora fez o elogio do defunto; mas confessou que ele tinha defeitos de que Cador era isento.

No meio da ceia, Cador queixou-se de uma violenta dor de baço; a dama, preocupada e solícita, fez com que trouxessem todas as essências com as quais se perfumava para ver se não haveria alguma que fosse boa para dor de baço; lamentou muito que o grande Hermes não mais estivesse em Babilônia; dignou-se mesmo tocar o lado em que Cador sentia tão vivas dores. "Estais sujeito a esta cruel doença?, disse-lhe com compaixão. – Ela põe-me às vezes à beira do túmulo, respondeu-lhe Cador, e só há um remédio que me possa aliviar: aplicar-me, no local dolorido, o nariz de um homem morto no dia anterior. – Estranho remédio, disse Azora. – Não mais estranho, respondeu ele, que os sachês do senhor Arnu[1] contra a apoplexia." Este argumento, somado ao extremo mérito do rapaz, determinou enfim a dama. "No final das contas, disse, quando meu marido passar do mundo de ontem ao mundo do dia seguinte na ponte Tchinavar, acaso o anjo Asrael lhe dará menos passagem porque seu nariz será um pouco menos longo na segunda vida que na primeira?" Apanhou pois uma navalha; foi até o túmulo do esposo, regou-o com suas lágrimas e aproximou-se para cortar o nariz de Zadig, que encontrou bem estendido no túmulo. Zadig levantou-se segurando o nariz com uma mão e estacando a navalha com a outra. "Senhora, disse-lhe, não griteis mais tanto contra a jovem Cosru; a intenção de me cortar o nariz equivale perfeitamente à de desviar o córrego."

O cão e o cavalo

Zadig sentiu que o primeiro mês do casamento, como está escrito no *Zenda*, é a lua-de-mel, e que o

1. Havia nessa época um babilônio, chamado Arnu, que curava e prevenia todas as apoplexias, ao que se dizia, com um sachê pendurado no pescoço.

segundo é a lua-de-absinto. Foi obrigado algum tempo depois a repudiar Azora, com quem se tornara extremamente difícil conviver, e procurou a felicidade no estudo da natureza. "Ninguém é mais feliz, dizia, que um filósofo que lê neste grande livro que Deus nos colocou sob os olhos. As verdades que descobre lhe pertencem: nutre e eleva a alma, vive tranqüilo; nada teme dos homens, e sua meiga esposa não lhe vem cortar o nariz."

Imbuído dessas idéias, retirou-se a uma casa de campo às margens do Eufrates. Ali, não se dedicava a calcular quantas polegadas de água passavam em um segundo sob os arcos de uma ponte, ou se caía uma linha cúbica de chuva a mais no mês do rato do que no mês do carneiro. Não pretendia produzir seda com teias de aranha, nem porcelana com garrafas quebradas, mas estudou sobretudo as propriedades dos animais e das plantas, adquirindo em pouco tempo uma sagacidade que lhe descobria mil diferenças onde os outros homens nada viam além do uniforme.

Um dia, passeando junto a um pequeno bosque, viu acorrer a ele um eunuco da rainha, seguido de vários oficiais que pareciam na maior aflição e que corriam de um lado para o outro como homens desvairados que procuram o que perderam de mais precioso. "Jovem, disse-lhe o primeiro eunuco, acaso não vistes o cão da rainha?" Zadig respondeu modestamente: "É uma cadela, e não um cão. – Tendes razão, continuou o primeiro eunuco. – É uma *cocker spaniel* pequeníssima, acrescentou Zadig; deu cria há pouco; manca da pata esquerda dianteira e tem orelhas muito longas. –

Então a vistes?, disse o primeiro eunuco todo esbaforido. – Não, respondeu Zadig, nunca a vi e nunca soube que a rainha tivesse uma cadela."

Precisamente ao mesmo tempo, por um desses caprichos comuns à fortuna, o mais belo cavalo do estábulo do rei escapou das mãos de um palafreneiro nas planícies de Babilônia. O monteiro-mor e todos os outros oficiais buscavam-no com tanta inquietação quanto o primeiro eunuco buscava a cadela. O monteiro-mor dirigiu-se a Zadig e perguntou-lhe se acaso não vira passar o cavalo do rei. "É, respondeu Zadig, o cavalo que tem o melhor galope; tem cinco pés de altura e o casco bem pequeno; exibe uma cauda de três pés e meio de comprimento; os adornos de seu freio são de ouro de vinte e três quilates; as ferraduras são de prata de onze denários. – Em que direção foi? Onde está ele?, perguntou o monteiro-mor. – Não o vi, respondeu Zadig, e nunca ouvi falar dele."

O monteiro-mor e o primeiro eunuco não duvidaram ter Zadig roubado o cavalo do rei e a cadela da rainha; conduziram-no perante a assembléia do grande Desterham, que o condenou ao cnute e a passar o resto de seus dias na Sibéria. Mal o julgamento fora pronunciado encontraram o cavalo e a cadela. Os juízes viram-se na dolorosa obrigação de reformar a sentença; mas condenaram Zadig a pagar quatrocentas onças de ouro por haver dito que não vira o que vira. Teve primeiramente que pagar essa multa; após o que foi-lhe permitido defender-se no conselho do grande Desterham; ele falou nestes termos:

"Estrelas de justiça, abismos de ciência, espelhos da verdade, que tendes o peso do chumbo, a dureza do ferro, o refulgir do diamante e muita afinidade com o ouro; já que me é permitido falar perante esta augusta assembléia, juro-vos por Orosmade que nunca vi a respeitável cadela da rainha, nem o sagrado cavalo do rei dos reis. Eis o que me aconteceu. Estava caminhando rumo ao pequeno bosque em que encontrei em seguida o venerável eunuco e o ilustríssimo monteiro-mor. Vi na areia os rastros de um animal, e deduzi facilmente que eram os de um cãozinho. Sulcos leves e longos, impressos nas pequenas eminências de areia por entre os rastros das patas, mostraram-me tratar-se de uma cadela cujas tetas estavam pendentes e que portanto tivera filhotes havia poucos dias. Outros rastros num sentido diferente, que pareciam sempre ter varrido a superfície da areia ao lado das patas dianteiras, indicaram-me que tinha as orelhas muito longas; e, como notei que a areia havia sido continuamente menos escavada por uma pata do que pelas três outras, compreendi que a cadela de nossa augusta rainha estava um pouco manca, se ouso dizê-lo.

"No que respeita ao cavalo do rei dos reis, gostaria de dizer-vos que, caminhando pelas trilhas desse bosque, distingui as marcas das ferraduras de um cavalo; eram todas eqüidistantes. Eis, disse eu, um cavalo que tem um galope perfeito. A poeira das árvores, numa trilha estreita que não chega a ter sete pés de largura, estava um pouco desfeita à direita e à esquerda, a três pés e meio do centro da trilha. Este cavalo, disse eu, tem uma cauda de três pés e meio que, com seus movimentos à direita e à esquerda, varreu a poeira. Vi sob as árvores, que formavam um dossel de cinco pés de altura, folhas recentemente caídas dos galhos; e deduzi que o cavalo nelas esbarrara, e que tinha portanto cinco pés de altura. Quanto ao freio, deve ser de ouro de vinte e três quilates: pois raspou seus adornos contra uma pedra que reconheci ser uma pedra de toque, a qual examinei. Julguei finalmente, pelas marcas que suas ferraduras deixaram em cascalhos de uma outra espécie, que estava ferrado com prata de onze denários de pureza."

Todos os juízes admiraram o profundo e sutil discernimento de Zadig; a notícia chegou até o rei e a rainha. Só se falava de Zadig nas antecâmaras, nas câmaras e no gabinete; e, apesar de vários magos opinarem que se devia queimá-lo como feiticeiro, o rei ordenou que lhe devolvessem a multa de quatrocentas onças de ouro à qual havia sido condenado. O escrivão, os meirinhos, os procuradores vieram à sua casa com grande aparato trazer-lhe as quatrocentas onças; retiveram apenas trezentas e noventa e oito para as custas de justiça, e seus criados reclamaram honorários.

Zadig viu o quanto era perigoso algumas vezes ser sábio demais, e se prometeu, na próxima ocasião, não dizer o que vira.

Essa ocasião ofereceu-se pouco depois. Um prisioneiro de Estado fugiu e passou sob as janelas de sua casa. Interrogaram Zadig, que nada respondeu; mas provaram-lhe que olhara pela janela. Foi condenado por esse crime a quinhentas onças de ouro, e agradeceu aos juízes sua indulgência, segundo o costume de Babilônia. "Deus todo-poderoso!, disse para si mesmo, como somos dignos de piedade quando caminhamos num bosque pelo qual a cadela da rainha e o cavalo do rei passaram! como é perigoso sair à janela! e como é difícil ser feliz nesta vida!"

O invejoso

Zadig quis se consolar, na filosofia e na amizade, dos males que lhe causara a fortuna. Tinha, nos arredores de Babilônia, uma casa decorada com gosto, em que reunia todas as artes e todos os prazeres dignos de um homem de bem. De manhã sua biblioteca era aberta a todos os sábios; à noite, sua mesa o era à boa companhia; mas logo experimentou quanto os sábios são perigosos; desencadeou-se uma grande discussão sobre uma lei de Zoroastro, que proibia comer grifos. "Como proibir comer grifos, diziam uns, se esse animal não existe? – É absolutamente necessário que exista, diziam outros, já que Zoroastro não deseja que se os comam." Zadig quis reconciliá-los dizendo-lhes: "Se existirem grifos, não os comeremos; se não existirem, menos ainda o faremos; e assim obedeceremos todos a Zoroastro."

Um sábio, que compusera treze volumes acerca das propriedades do grifo, e que além disso era grande teurgista, correu acusar Zadig perante um arquimago chamado Yebor, o mais tolo dos caldeus, e portanto o mais fanático. Esse homem teria mandado empalar Zadig para a glória maior do sol, e depois recitaria o breviário de Zoroastro com um tom mais satisfeito. O amigo Cador (um amigo vale mais que cem padres) foi ter com o velho Yebor e disse-lhe: "Que vivam o sol e os grifos! não deveis absolutamente punir Zadig: é um santo; tem grifos no quintal e não os come; e seu acusador é um herege que ousa sustentar que os coelhos têm o pé fendido e não são imundos. – Pois bem!, disse Yebor, meneando a cabeça careca, deve-se empalar Zadig por haver blasfemado os grifos, e o outro por haver difamado os coelhos." Cador apaziguou-o através de uma dama de honra à qual fizera um filho, e que tinha muito crédito no colégio dos magos. Ninguém foi empalado; sobre o que muitos doutores murmuraram, pressagiando a decadência de Babilônia. Zadig exclamou: "Como a felicidade é frágil! Tudo me persegue neste mundo, até os seres que não existem." Maldisse os sábios e passou a querer viver apenas em boa companhia.

Reunia em sua casa as pessoas mais distintas de Babilônia, e as damas mais amáveis; dava ceias delicadas, muitas vezes precedidas de concertos, e animadas por conversas deliciosas das quais soubera banir a ânsia de mostrar espírito, que é a maneira mais segura de não o ter e de arruinar a sociedade mais brilhante. Nem a escolha de seus amigos nem a das iguarias eram determinadas pela vaidade: pois em tudo preferia o ser ao parecer, e assim atraía a verdadeira consideração à qual não pretendia.

Defronte à sua casa residia Arimaze, personagem cuja alma pérfida estava-lhe pintada na grosseira fisionomia. Era roído de fel e inchado de orgulho e, para cúmulo, era um belo espírito enfadonho. Não tendo jamais podido agradar em sociedade, vingava-se maldando-a. Mesmo rico era-lhe penoso reunir em sua casa aduladores. O rumor dos carros que entravam à noite em casa de Zadig importunava-o, o rumor de seus louvores irritava-o ainda mais. Ia por vezes à casa de Zadig e se punha à mesa sem ser convidado: corrompia toda a alegria da sociedade, como dizem que as harpias infectam as carnes que tocam. Adveio-lhe um dia oferecer uma festa a uma dama que, em vez de aceitá-la, foi cear em casa de Zadig. Um outro dia, conversando com ele no palácio, abordaram um ministro que convidou Zadig para cear, e não convidou Arimaze. Os ódios mais implacáveis muitas vezes não têm fundamentos mais importantes. Esse homem, a quem chamavam o Invejoso em Babilônia, quis perder Zadig porque a este chamavam de Feliz. A ocasião de fazer mal apresenta-se cem vezes por dia, a de fazer bem uma vez por ano, como diz Zoroastro.

O invejoso foi à casa de Zadig, que passeava em seus jardins com dois amigos e uma dama à qual sempre dizia coisas galantes, sem outra intenção que simplesmente dizê-las. A conversação girava em torno de uma guerra que o rei acabara de vencer contra o príncipe de Hircânia, seu vassalo. Zadig, que mostrara sua coragem nessa breve guerra, louvava muito o rei e mais ainda a dama. Apanhou suas tabuinhas e escreveu quatro versos que fez na hora, e que deu a ler a essa bela pessoa.

Os amigos rogaram que os mostrasse a eles: a modéstia, ou antes um amor-próprio consciente, não o permitiram. Ele sabia que versos improvisos só são bons para aquela em honra da qual foram feitos: partiu em duas a folha das tabuinhas sobre as quais acabara de escrever e jogou as duas metades numa brenha de rosas, na qual as procuraram em vão. Um chuvisco sobreveio; voltaram à casa. O invejoso, que permaneceu no jardim, tanto procurou que achou um pedaço da folha. Esta tinha-se rompido de tal forma que cada fragmento de verso contido em cada linha fazia sentido, constituindo mesmo um verso de medida menor; mas, por um acaso ainda mais estranho, a seqüência desses versos formava um sentido, contendo as mais horríveis injúrias contra o rei; diziam:

Por um crime audaz
Foi o rei coroado
Na sã e pública paz
É inimigo ousado

O invejoso ficou feliz pela primeira vez na vida. Tinha em mãos com que pôr a perder um homem virtuoso e amável. Cheio dessa cruel alegria, fez chegar ao rei essa sátira escrita pela mão de Zadig: meteram-no na prisão, ele, os dois amigos e a dama. O processo transcorreu rapidamente, sem que ninguém se dignasse ouvi-lo. Quando veio receber a sentença, o invejoso postou-se em seu caminho e lhe disse alto e bom som que seus versos não valiam nada. Zadig não se gloriava de ser bom poeta; mas estava desesperado por ser condenado por crime de lesa-majestade e por ver que retinham na prisão uma bela dama e dois amigos por um crime que não cometera. Não lhe permitiram falar, porque as tabuinhas falavam: tal era a lei de Babilônia. Fizeram-no pois caminhar para o suplício através de uma multidão de curiosos, nenhum dos quais ousava lamentá-lo, e que se precipitavam para examinar-lhe o semblante e para ver se morria de bom grado. Apenas seus parentes estavam aflitos, pois não herdariam. Três quartos de seus bens haviam sido confiscados em favor do rei, e o outro quarto em favor do invejoso.

Enquanto Zadig se preparava para a morte, o papagaio do rei voou de sua varanda e foi pousar no jardim de Zadig numa brenha de rosas. Um pêssego para ali fora trazido de uma árvore vizinha pelo vento; caíra sobre um fragmento de tabuinha de escrever ao qual se colara. O pássaro pegou o pêssego e a tabuinha, e foi depositá-los nos joelhos do monarca. O príncipe, curioso, leu palavras que não formavam sentido algum, e que pareciam finais de versos. Amava a poesia, e há sempre recurso com os príncipes que têm gosto pelos versos: a aventura do papagaio fê-lo divagar. A rainha, que se lembrava do que estava escrito no fragmento da tabuinha de Zadig, fez com que a trouxessem. Confrontaram os dois pedaços, que se ajustavam perfeitamente; leram então os versos tais como Zadig os fizera:

> Por um crime audaz vi abalada a Terra
> Foi o rei coroado e o mal subjugou
> Na sã e pública paz só o amor faz guerra:
> É inimigo ousado que a todos dominou.

O rei ordenou imediatamente que trouxessem Zadig perante ele, e que tirassem da prisão seus dois amigos e a bela dama. Zadig lançou-se de rosto ao chão aos pés do rei e da rainha: pediu-lhes muito humildemente perdão por ter feito maus versos; falou com tanta graça, espírito, razão, que o rei e a rainha quiseram revê-lo. Voltou e agradou ainda mais. Deram-lhe todos os bens do invejoso que o havia injustamente acusado: mas Zadig devolveu-os todos, e ao invejoso não tocou senão o prazer de não perder os bens. A estima do rei por Zadig aumentava dia após dia. Incluía-o em todos seus prazeres e consultava-o em todos seus negócios. A rainha começava então a olhá-lo com uma complacência que poderia tornar-se perigosa para ela, para o rei seu augusto esposo, para Zadig e para o reino. Zadig começava a acreditar que não é difícil ser feliz.

Os generosos

Veio a época em que se celebrava uma grande festa que acontecia a cada cinco anos. Era costume em Babilônia declarar solenemente, ao final de cinco anos, qual dos cidadãos fizera a ação mais generosa. Os grandes e os magos eram os juízes. O primeiro sátrapa, encarregado da direção da cidade, expunha as mais belas ações que haviam ocorrido em seu governo. Passava-se aos votos: o rei pronunciava o julgamento. Vinha-se a esta solenidade dos quatro-cantos da terra. O vencedor recebia das mãos do monarca uma taça de ouro ornada de pedrarias, e o rei dizia-lhe estas palavras: "Recebei este prêmio de generosidade, e possam os deuses me dar muitos súditos semelhantes a vós!"

Chegado o dia memorável, o rei apareceu em seu trono, rodeado pelos grandes, pelos magos e pelos deputados de todas as nações que vinham a esses jogos em que a glória era conquistada, não graças à ligeireza dos cavalos, não graças à força do corpo, mas graças à virtude. O primeiro sátrapa relatou em voz alta as ações que poderiam fazer merecer a seus autores aquele prêmio inestimável. Não falou da grandeza de alma com que Zadig devolvera ao invejoso toda sua fortuna: não era uma ação que merecesse disputar o prêmio.

Apresentou primeiramente um juiz que, tendo feito um cidadão perder um processo considerável, devido a uma negligência pela qual não era nem mesmo responsável, dera-lhe todos seus bens, que eqüivaliam ao valor do que o outro perdera.

Introduziu em seguida um rapaz que, estando perdidamente apaixonado por uma moça com a qual ia se casar, cedera-a a um amigo prestes a expirar de amor por ela, e ainda pagara o dote ao ceder a moça.

Em seguida fez entrar um soldado que, na guerra da Hircânia, dera um exemplo ainda maior de generosidade. Soldados inimigos raptavam-lhe a amada, e ele a defendia contra eles: vieram-lhe dizer que outros hircanos estavam raptando sua mãe a alguns passos dali; abandonou chorando a amada e correu libertar a mãe; voltou em seguida para aquela que amava e encontrou-a expirante. Quis se matar: a mãe mostrou-lhe que nele tinha seu único arrimo, e ele teve a coragem de padecer a vida.

Os juízes pendiam para esse soldado. O rei tomou a palavra e disse: "Sua ação e a dos outros são belas, mas não me surpreendem; ontem Zadig agiu de um modo que me surpreendeu. Eu destituíra há alguns dias meu ministro e favorito Coreb. Queixava-me dele com violência, e todos meus cortesãos asseguravam-me que eu estava sendo demasiado brando: disputavam para ver quem pior falaria de Coreb. Perguntei a Zadig o que pensava, e este ousou falar bem dele. Confesso que vi, em nossas histórias, exemplos de pessoas que pagaram com os próprios bens um erro, que cederam as amadas, que preferiram a mãe ao objeto de seu amor; mas nunca li que um cortesão tenha falado de modo elogioso de um ministro caído em desgraça contra quem seu soberano estivesse em cólera. Dou vinte mil moedas de ouro a cada um daqueles cujas ações generosas foram há pouco relatadas; mas concedo a taça a Zadig.

– Sire – disse este, Vossa Majestade é a única a merecer a taça. Fostes vós quem praticastes a ação mais inaudita, já que, sendo rei, não vos aborrecestes contra vosso escravo quando este contradisse vossa paixão."

Todos admiraram o rei e Zadig. O juiz que doara os bens, o enamorado que casara a amada com o amigo, o soldado que preferira salvar a mãe em lugar da amada, receberam os presentes do monarca; viram seus nomes escritos no livro dos generosos. Zadig ganhou a taça. O rei adquiriu a reputação de bom príncipe, que não conservou por muito tempo. Esse dia foi consagrado por festas mais longas do que as ditadas pela lei. A memória delas ainda conserva-se na Ásia. Zadig dizia: "Finalmente sou feliz!" Mas estava enganado.

O ministro

O rei perdera seu primeiro-ministro. Escolheu Zadig para esse posto. Todas as belas damas de Babilônia aplaudiram a escolha, pois desde a fundação do império jamais houvera ministro tão jovem. Todos os cortesãos ficaram aborrecidos; o invejoso cuspiu sangue, e seu nariz inchou prodigiosamente. Zadig, tendo agradecido ao rei e à rainha, foi agradecer também ao papagaio: "Belo pássaro, disse-lhe, fostes vós quem me salvou a vida, e quem me tornou primeiro-ministro: a cadela e o cavalo de Suas Majestades me haviam feito grande mal, mas vós me fizestes bem. Eis pois de que dependem os destinos dos homens! Mas, acrescentou, uma felicidade tão estranha breve talvez se desvaneça." O papagaio respondeu: "É verdade." Essas palavras surpreenderam Zadig. Contudo, como era bom físico e não acreditava que os papagaios fossem profetas, logo tranqüilizou-se e pôs-se a exercer seu ministério o melhor possível.

Fez que todos sentissem o poder sagrado das leis, e não fez que ninguém sentisse o peso de sua dignidade. Não procurou interferir nas vozes do divã, e cada vizir podia ter a própria opinião sem desagradar-lhe. Quando julgava um caso, não era ele quem julgava, era a lei; mas, quando esta era demasiado severa, temperava-a; e, quando não havia leis, sua eqüidade as produzia tais que as teríamos tomado pelas de Zoroastro.

É a ele que as nações devem este princípio: que mais vale arriscar salvar um culpado que condenar um inocente. Acreditava que as leis eram feitas para socorrer os cidadãos tanto quanto para intimidá-los. Seu principal talento consistia em desvendar a verdade, que todos os homens procuram obscurecer. Já nos primeiros dias de sua administração pôs esse grande talento em prática. Um famoso negociante de Babilônia morrera nas Índias; designara como herdeiros os dois filhos, em partes iguais, após terem casado a irmã, e deixava um presente de trinta mil moedas de ouro àquele de seus dois filhos que fosse presumido amá-lo mais. O primogênito erigiu-lhe um túmulo, o segundo aumentou com parte de sua herança o dote da irmã; todos diziam: "É o primogênito que ama mais ao pai, o caçula ama mais à irmã; é ao primogênito que pertencem as trinta mil moedas."

Zadig chamou primeiro um, depois o outro. Disse ao primogênito: "Vosso pai não morreu, está curado da última doença, está voltando para Babilônia. – Deus seja louvado, respondeu o rapaz; mas seu túmulo me custou bem caro!" Zadig disse em seguida a mesma coisa ao caçula. "Deus seja louvado, respondeu ele; devolverei a meu pai tudo que tenho; mas gostaria que deixasse com minha irmã o que lhe dei. – Não devolvereis nada, disse Zadig, e recebereis as trinta mil moedas: sois vós quem mais ama vosso pai."

Uma moça bastante rica fizera uma promessa de casamento a dois magos, e, após haver recebido por alguns meses instruções de um e de outro, viu-se grávida. Ambos queriam esposá-la. "Tomarei como marido, disse ela, aquele que me pôs em condições de dar um cidadão ao império. – Fui eu quem fiz essa boa obra, disse um. – Fui eu quem tive esse privilégio, disse o outro. – Pois bem! respondeu ela, reconhecerei como pai da criança aquele que lhe puder dar a melhor educação." Deu à luz um filho. Ambos os magos querem educá-lo. A causa é levada perante Zadig. Este faz vir os dois magos. "Que ensinarás a teu pupilo? diz ao primeiro. – Ensinar-lhe-ei, diz o doutor, as oito partes do discurso, a dialética, a astrologia, a demonomania; o que é a substância e o acidente, o abstrato e o concreto, as mônadas e a harmonia preestabelecida. – Eu, diz o segundo, tentarei torná-lo justo e digno de ter amigos." Zadig pronunciou: "Quer sejas ou não o pai, esposarás a mãe."[2]

....

2. A partir da edição de 1748 e até a de 1756, em que foi suprimido, liase, após essas palavras, o desenvolvimento que se segue, retomado pelos editores de Kehl:

Chegavam todos os dias queixas à corte contra um senhor meda chamado Irax. Era um grande senhor cuja índole não era má, mas que estava corrompido pela vaidade e pela volúpia. Tolerava raramente que lhe falassem, e nunca que ousassem contradizê-lo. Os pavões não são mais vãos, as pombas não são mais voluptuosas, as tartarugas são menos preguiçosas; não respirava senão as falsas glórias e os falsos prazeres; Zadig propôs-se emendá-lo.

Enviou-lhe da parte do rei um mestre de música com doze vozes e vinte e quatro violões, um mordomo com seis cozinheiros, e quatro camareiros, que nunca deviam deixá-lo. A ordem do rei rezava que a seguinte etiqueta fosse inviolavelmente observada; e eis como as coisas se passaram.

No primeiro dia, assim que o voluptuoso Irax despertou, o mestre de música entrou, seguido das vozes e dos violinos: cantaram uma cantata que durou duas horas, e, de três em três minutos, o refrão era:

Como seu mérito é extremo!
Quantas graças! quanta grandeza!
Ah! quanto Vossa Alteza
Deve estar contente de si mesmo!

Após a execução da cantata, um camareiro fez-lhe uma arenga de três quartos de hora, na qual louvava expressamente todas as boas qualidades que lhe faltavam. Finda a arenga, conduziram-no à mesa ao som dos instrumen-

As disputas e as audiências

Era assim que ele mostrava todos os dias a sutileza de seu gênio e a bondade de sua alma; admiravam-no e entretanto amavam-no. Era reputado o mais afortunado de todos os homens, todo império estava embebido de seu nome; todas as mulheres cobiçavam-no; todos os cidadãos celebravam sua justiça; os sábios olhavam-no como a seu oráculo; mesmo os padres confessavam que ele sabia mais que o velho arquimago Yebor. Longe se estava então de abrirem contra ele processos sobre grifos; só se acreditava naquilo que a ele parecia crível.

Havia uma grande querela em Babilônia, que persistia havia mil e quinhentos anos, e que dividia o império em duas seitas obstinadas: uma pretendia que jamais se devesse entrar no templo de Mitra, a não ser

tos. O jantar durou três horas: assim que abria a boca para falar, o primeiro camareiro dizia: "Tereis razão." Mal pronunciara quatro palavras, o segundo camareiro exclamava: "Tendes razão." Os dois outros camareiros deram boas gargalhadas com as belas palavras que Irax dissera ou que pretenderia ter dito. Após o jantar repetiram-lhe a cantata.

Este primeiro dia pareceu-lhe delicioso, e acreditou que o rei dos reis o honrava segundo seus méritos; o segundo pareceu-lhe menos agradável; o terceiro foi aborrecido; o quarto foi insuportável; o quinto foi um suplício. Finalmente, exasperado de ouvir sempre cantar: "Ah! quanto Vossa Alteza deve estar contente de si mesmo!", de ouvir sempre dizer que tinha razão e de ouvir uma arenga todos os dias à mesma hora, escreveu à corte para suplicar ao rei que se dignasse chamar de volta seus camareiros, seus músicos, seu mordomo: prometeu ser doravante menos vão e mais moderado. Não exigia que o incensassem tanto, dava menos festas e ficou mais feliz: pois, como diz Sadder, *"sempre prazer não é prazer".*

(Nota da edição francesa)

com o pé esquerdo; a outra abominava esse costume, e jamais nele entrava a não ser com o pé direito. Esperava-se o dia da festa solene do fogo sagrado para saber qual seita seria favorecida por Zadig. O universo tinha os olhos em seus dois pés, e a cidade inteira estava agitada e em suspenso. Zadig entrou no templo pulando com os pés juntos, e provou em seguida por um discurso eloqüente que o Deus do céu e da terra não privilegia, não faz tampouco caso da perna esquerda ou da perna direita.

O invejoso e a mulher pretenderam que em seu discurso não havia bastantes figuras, que não fizera dançar o bastante as montanhas e as colinas. "É seco e sem gênio, diziam; nele não se vê nem o mar escoar-se, nem as estrelas caírem, nem o sol fundir-se como cera; não tem o bom estilo oriental." Zadig contentava-se em ter o estilo da razão. Todos apoiaram-no, não porque estivesse no bom caminho, não porque fosse razoável, não porque fosse amável, mas porque era primeiro vizir.

Resolveu de modo igualmente feliz o grande processo entre os magos brancos e os magos pretos. Os brancos sustentavam que era impiedade voltar-se, orando a Deus, para o oriente no inverno; os pretos asseguravam que Deus tinha horror às preces dos homens que se voltavam para o poente no verão. Zadig determinou que cada um se voltasse para onde bem aprouvesse.

Achou também o segredo de expedir, pela manhã, todos os casos particulares e gerais; durante o resto do dia, ocupava-se do aprimoramento de Babilônia: fazia representar tragédias em que se chorava e comédias em que se ria, o que caíra de moda havia muito tempo, e que ele fez renascer porque tinha gosto. Não pretendia saber mais que os artistas; recompensava-os com benesses e distinções, e não tinha ciúmes secretos dos talentos deles. À noite, divertia muito ao rei, e sobretudo à rainha. O rei dizia: "O grande ministro!" A rainha dizia: "O amável ministro!" e ambos acrescentavam: "Seria lamentável se o tivessem enforcado."

Jamais homem em tal posição foi obrigado a dar tantas audiências às damas. A maioria vinha lhe falar de casos que não tinham para ter um com ele. A mulher do invejoso foi uma das primeiras a apresentar-se; jurou-lhe por Mitra, por Zenda-Vesta e pelo fogo sagrado que deplorara a conduta do marido; confiou-lhe logo em seguida que esse marido era um ciumento, um bruto; fê-lo entender que os deuses o puniam recusando-lhe os preciosos efeitos desse fogo sagrado unicamente através do qual o homem assemelha-se aos imortais: acabou deixando cair a liga; Zadig apanhou-a com a polidez habitual; mas não a reatou no joelho da dama; e esse pequeno erro, se o foi, foi a causa dos mais horríveis infortúnios. Zadig não pensou mais nisso, e a mulher do invejoso pensou muito.

Outras damas se apresentavam todos os dias. Os anais secretos de Babilônia pretendem que ele sucumbiu uma vez, mas que ficou todo espantado de gozar sem volúpia, e de beijar a amante com distração. Essa a quem deu, quase sem perceber, as marcas de sua proteção, era uma camareira da rainha Astarté. Essa meiga babilônia dizia a si mesma para se consolar: “Este homem deve ter a cabeça prodigiosamente cheia de casos, já que neles pensa mesmo fazendo amor.” Escapou a Zadig nos instantes em que muitas pessoas não dizem palavra, e em que outras não pronunciam senão palavras sagradas, exclamar num repente: “A rainha!” A babilônia pensou que finalmente ele voltara a si em boa hora e que lhe dizia: “Minha rainha.” Mas Zadig, que continuava muito distraído, pronunciou o nome de Astarté. A dama, que naquelas felizes circunstâncias interpretava tudo a seu favor, imaginou que isso queria dizer: “Sois mais bela que a rainha Astarté.” Saiu do harém de Zadig com muitos belos presentes. Foi contar a aventura à invejosa, que era sua amiga íntima; esta ficou extremamente despeitada com a preferência. “Ele nem mesmo dignou-se, disse ela, atar-me esta liga que vedes, e que não quero mais usar. – Oh! oh!, disse a afortunada à invejosa, usais as mesmas ligas que a rainha! Mandais pois fazêlas na mesma modista?” A invejosa ficou profundamente pensativa, nada respondeu, e foi consultar o marido invejoso.

Entrementes Zadig se dava conta que tinha freqüentes distrações no momento das audiências e dos julgamentos; não sabia a que atribuí-las: nisso consistia seu único pesar.

Teve um sonho: parecia-lhe estar deitado primeiramente sobre plantas secas, entre as quais havia algumas espinhosas que o incomodavam; e que em seguida repousava molemente num leito de rosas, do qual saía uma serpente que o feria no coração com sua língua acerada e peçonhenta. “Ai de mim!, disse ele, permaneci longo tempo deitado nessas plantas secas e espinhosas, estou agora num leito de rosas, mas que significará a serpente?"

O ciúme

A desgraça de Zadig veio de sua própria felicidade, e sobretudo de seu mérito. Tinha todos os dias entrevistas com o rei e com Astarté, sua augusta esposa. Os encantos de sua conversação redobravam por esta vontade de agradar que está para o espírito como os adornos para a beleza; sua juventude e suas graças causaram insensivelmente em Astarté uma impressão da qual não se apercebeu imediatamente. Sua paixão crescia no seio da inocência. Astarté entregava-se sem escrúpulo e sem temor ao prazer de ver e ouvir um homem caro a seu esposo e ao Estado; não cessava de louvá-lo para o rei; falava dele às suas mulheres, que a superavam em elogios; tudo servia para aprofundar em seu coração a flecha que não sentia. Dava presentes a Zadig, nos quais entrava mais galanteria do que imaginava; acreditava falar-lhe apenas como rainha satisfeita com seus serviços, e algumas vezes suas expressões eram as de uma mulher comovida.

Astarté era muito mais bela do que aquela Semira que tanto odiava os caolhos, e do que aquela outra mulher que quisera cortar o nariz ao esposo. A familiaridade de Astarté, seus discursos ternos, que começavam a fazê-la enrubescer, seus olhares, que queria desviar, e que fitavam os dele, acenderam no coração de

Zadig um fogo que o espantou. Lutou; chamou em seu socorro a filosofia, que sempre o socorrera; só encontrou luzes e nenhum alívio. O dever, o reconhecimento, a majestade soberana violada, apresentavam-se a seus olhos como deuses vingadores; lutava, triunfava; mas essa vitória, que era preciso reconquistar a cada momento, custava-lhe gemidos e lágrimas. Não ousava mais falar à rainha com aquela doce liberdade que tantos encantos tivera para ambos: seus olhos cobriam-se de nuvens; seus discursos eram arrevesados e desconexos: baixava a vista; e, quando, sem querer, seu olhar se dirigia a Astarté, encontrava o da rainha banhado em lágrimas, das quais partiam lampejos de fogo; pareciam dizer-se um ao outro: "Adoramo-nos, e tememos amar; ardemos ambos de um fogo que condenamos."

Zadig saía de sua companhia confuso, transtornado, com o coração pesado de um fardo que não podia mais suportar: na violência de sua agitação, deixou que o amigo Cador penetrasse seu segredo, como um homem que, tendo resistido longamente aos ataques de uma viva dor, dá enfim a conhecer seu mal por um grito que lhe arranca uma recrudescência aguda e pelo suor frio que lhe corre da fronte.

Disse-lhe Cador: "Já desvendei os sentimentos que a vós mesmo queríeis ocultar; as paixões têm sinais inconfundíveis. Julgai, caro Zadig, já que li em vosso coração, se o rei não fará o mesmo, descobrindo um sentimento que o ofenderá. Ele não tem mais do que um defeito, o de ser o mais ciumento dos homens. Resistis à vossa paixão com mais força do que a rainha luta contra a sua porque sois filósofo, e porque sois Zadig. Astarté é mulher; deixa falar seus olhares com tanto mais imprudência por não se crer ainda culpada. Desgraçadamente, apoiada em sua inocência, negligencia aparências necessárias. Temerei por ela enquanto nada tiver a se reprovar. Se estivésseis concordes um com o outro, saberíeis enganar todos os olhos: uma paixão nascente e combatida resplandece; um amor satisfeito sabe ocultar-se." Zadig estremeceu à proposta de trair o rei, seu benfeitor; e jamais foi tão fiel a seu príncipe do que quando foi culpado junto a ele de um crime involuntário. Entretanto, a rainha pronunciava tão repetidamente o nome de Zadig, seu rosto cobria-se de tanto rubor pronunciando-o, ficava por vezes tão animada, por vezes tão acanhada, quando lhe falava na presença do rei; um devaneio tão profundo apoderava-se dela quando ele saía, que o rei ficou transtornado. Acreditou em tudo que via e imaginou tudo que não via. Notou acima de tudo que as babuchas da mulher eram azuis, e que as babuchas de Zadig eram azuis, que as fitas da mulher eram amarelas, e que o barrete de Zadig era amarelo; eram terríveis indícios para um príncipe sensível. As desconfianças tornaram-se certeza em seu espírito amargurado.

Todos os escravos dos reis e das rainhas são tantos outros espiões de seus corações. Descobriram logo que Astarté estava enamorada e que Moabdar estava com ciúmes. O invejoso convenceu a invejosa a enviar ao rei a liga que parecia com a da rainha. Para cúmulo da desgraça essa liga era azul. O monarca passou a não pensar senão na maneira de vingar-se. Decidiu uma noite envenenar a rainha, e fazer com que Zadig morresse por um cordão ao despontar do dia. A ordem foi dada a um impiedoso eunuco, executor de suas vinganças. Havia naquele momento no quarto do rei um anãozinho que era mudo, mas não surdo. Sempre o toleravam: era testemunha de tudo que acontecia de mais secreto, como um animal doméstico. Esse pequeno mudo era muito afeiçoado à rainha e a Zadig. Ouviu, com tanta surpresa quanto horror, a ordem de sua morte. Mas como fazer para adiantar-se a essa ordem terrível que seria executada em poucas horas? Não sabia escrever; mas aprendera a pintar, e podia representar convincentemente o que quer que fosse. Passou parte da noite esboçando o que queria transmitir à rainha. Seu desenho representava o rei agitado de furor, num canto do quadro, dando ordens ao eunuco; um cordão azul e um frasco em cima de uma mesa, com ligas azuis e fitas amarelas; a rainha, no meio do quadro, expirante entre os braços de suas mulheres; e Zadig estrangulado a seus pés. O horizonte representava um sol nascente para marcar que essa horrível execução devia se realizar aos primeiros raios da aurora. Assim que acabou o trabalho, correu até uma das mulheres de Astarté, acordou-a, e fê-la entender que precisava levar naquele mesmo instante o quadro à rainha.

Entretanto, no meio da noite, batem à porta de Zadig; acordam-no; entregam-lhe um bilhete da rainha; ele crê estar sonhando; abre a carta com mão trêmula. Qual não foi sua surpresa, e quem poderia exprimir a consternação e o desespero que o abateram quando leu estas palavras: "Fugi agora mesmo ou arrancar-vos-ão a vida! Fugi, Zadig; ordeno-vos em nome de nosso amor e de minhas fitas amarelas. Eu não era culpada; mas sinto que vou morrer criminosa."

Zadig mal teve forças para falar. Mandou que chamassem Cador; e, sem nada dizer, entregou-lhe o bilhete. Cador forçou-o a obedecer e a tomar imediatamente o caminho de Mênfis. "Se ousardes ir ter com a rainha, disse ele, apressareis sua morte; se falardes ao rei, ireis prejudicá-la ainda mais. Encarrego-me de seu destino; segui o vosso. Espalharei o rumor de que tomastes o caminho das Índias. Irei breve ter convosco e contar-vos-ei o sucedido em Babilônia."

Cador, no mesmo momento, fez com que colocassem dois dos mais ligeiros dromedários perto de uma porta secreta do palácio; fez montar Zadig, que foi preciso carregar e que estava prestes a entregar a alma. Apenas um criado acompanhou-o; e breve Cador, mergulhado no espanto e na dor, perdeu o amigo de vista.

O ilustre fugitivo, chegando ao topo de uma colina da qual se avistava Babilônia, volveu a vista ao palácio da rainha e desmaiou; não recuperou os sentidos senão para verter lágrimas e desejar a morte. Finalmente, após ter meditado sobre o destino deplorável da mais amável das mulheres e da primeira rainha do mundo, retornou um momento a si mesmo e exclamou: "Que é afinal a vida humana? Ó virtude! de que me servistes? Duas mulheres enganaram-me indignamente; a terceira, que não é culpada, e que é mais bela que as outras, vai morrer! Tudo o que pratiquei de bem sempre tornou-se para mim fonte de desgraças, e não fui elevado ao ápice da grandeza senão para tombar no mais horrível precipício do infortúnio. Se houvesse sido pérfido como tantos outros, seria feliz como eles." Oprimido por essas reflexões funestas, com os olhos turvados pelo véu da dor, com a palidez da morte no rosto e a alma abismada no excesso de um sombrio desespero, continuava sua viagem para o Egito.

A mulher espancada

Zadig orientava-se pelas estrelas. A constelação de Órion e o brilhante astro de Sirius guiavam-no na direção do pólo de Canope. Admirava estes vastos globos de luz que não parecem mais que débeis fagulhas a nossos olhos, enquanto a terra, que não passa na verdade de um ponto imperceptível na natureza, parece à nossa cupidez algo de tão grande e nobre. Representava-se então os homens tais como são de fato, insetos devorando-se uns aos outros num pequeno átomo de lama. Essa imagem verdadeira parecia aniquilar suas desgraças, traçando-lhe o nada de seu ser e o de Babilônia. Sua alma elançava-se até o infinito e contemplava, isolada de seus sentidos, a ordem imutável do universo. Mas, quando em seguida, voltando a si mesmo e penetrando em seu coração, pensava que talvez Astarté estivesse morta por sua causa, o universo desaparecia a seus olhos, e ele não via em toda a natureza nada além de Astarté moribunda e Zadig infortunado.

Enquanto se entregava a esse fluxo e refluxo de filosofia sublime e de dor esmagadora, avançava para as fronteiras do Egito; e já seu fiel criado encontrava-se no primeiro povoado, onde procurava alojamento. Zadig entretanto caminhava em direção aos jardins que bordavam o vilarejo. Viu, não longe da estrada principal, uma mulher aos prantos que clamava ao céu e à terra em seu socorro, e um homem furioso que a seguia. Este já a alcançara, ela abraçava-lhe os joelhos. O homem roía-a de pancadas e de reprovações. Julgou, pela violência do egípcio e pelos perdões reiterados que lhe pedia a dama, que um era um ciumento, e a outra uma infiel; mas, quando considerou a mulher, que era de uma beleza tocante, e que parecia mesmo um pouco com a infeliz Astarté, sentiu-se tomado de compaixão por ela e de horror pelo egípcio. "Socorrei-me, implorou a Zadig soluçando; tirai-me das mãos do mais bárbaro dos homens, salvai-me a vida!"

A esses gritos, Zadig correu lançar-se entre ela e aquele bárbaro. Conhecia alguma coisa da língua egípcia. Disse-lhe nessa língua: "Se tendes alguma humanidade, conjuro-vos a respeitar a beleza e a fraqueza. Como podeis ultrajar assim uma obra-prima da natureza, que está a vossos pés, e que não tem para defender-se mais do que lágrimas? – Ah! ah!, disse-lhe o exaltado, então tu também a amas! e é de ti que devo me vingar." Dizendo essas palavras, larga a dama, que segurava com uma mão pelos cabelos, e, pegando a lança, tenta transpassar o estrangeiro. Este, que mantinha o sangue-frio, aparou facilmente o golpe de um furioso. Apanhou a lança perto da ponta que lhe serve de arma. Um quer retirá-la, o outro arrancá-la. Ela se quebra entre as mãos deles. O egípcio puxa da espada; Zadig arma-se da sua. Atacam-se. Este dá cem golpes precipitados; aquele os apara com destreza. A dama, sentada na relva, conserta o penteado e observa-os. O egípcio era mais robusto que o adversário, Zadig mais hábil. Este lutava como um homem cuja cabeça conduzia o braço, aquele como um desvairado cuja cólera cega guiava-lhe os movimentos ao acaso. Zadig aborda-o e desarma-o; e, enquanto o egípcio, que se tornara mais furioso, tenta se lançar sobre ele, agarra-o, pressiona-o, fá-lo cair apontando-lhe a espada contra o peito; oferece-lhe a vida. O egípcio, fora de si, tira o punhal; fere Zadig no momento mesmo em que o vencedor perdoava-o. Zadig, indignado, mergulha-lhe a espada no peito. O egípcio lança um grito horrível, e morre debatendo-se. Zadig dirige-se então à mulher, e lhe diz com voz submissa: "Forçou-me a matá-lo: vinguei-vos; estais livre do homem mais violento que jamais vi. Que quereis agora de mim, senhora? – Que morras, celerado, respondeu ela; que morras! mataste meu amado; gostaria de dilacerar-te o coração. – Em verdade, senhora, tínheis um estranho homem como amante, respondeu-lhe Zadig; espancava-vos com todas as forças e queria arrancar-me a vida porque me conjurastes a socorrer-vos. – Gostaria que ainda me estivesse batendo, continuou a dama gritando. Eu bem o merecia, por haver provocado seu ciúme. Aprouvesse ao céu que ele me estivesse batendo e que tu estivesses em seu lugar!" Zadig, mais surpreso e colérico como nunca estivera na vida, disse-lhe: "Senhora, por bela que sejais, merecerieis que eu vos espancasse por minha vez, tanto sois extravagante;

mas não me darei o trabalho." Dito isso, tornou a montar seu camelo, e avançou para o povoado. Mal havia dado quatro passos quando se volta ao rumor que faziam quatro correios de Babilônia. Vinham a toda brida. Um deles, vendo a mulher, exclamou: "É ela mesma! Parece-se com o retrato que nos fizeram." Não se preocuparam com o morto e agarraram incontinente a mulher. Esta não cessava de gritar a Zadig: "Socorrei-me mais uma vez, estrangeiro generoso! peço-vos perdão por ter-me queixado de vós: socorrei-me e serei vossa até a morte!" Perdera Zadig a vontade de lutar por ela. "Pedi a outros!, respondeu; não me pegareis mais."

Além disso, estava ferido, seu sangue corria, precisava de socorro; e a vista dos quatro babilônios, provavelmente enviados pelo rei Moabdar, enchia-o de preocupação. Dirigiu-se à pressa ao povoado, não imaginando por que quatro mensageiros de Babilônia vinham prender aquela egípcia, mas ainda mais espantado com o caráter dessa senhora.

A escravidão

Quando estava entrando no povoado egípcio, viuse rodeado pelo povo. Todos gritavam: "Fostes vós quem raptastes a bela Missuf, e que assassinastes Cletófis! – Senhores, disse ele, Deus me livre de algum dia raptar vossa bela Missuf! ela é demasiado caprichosa; e, quanto a Cletófis, não o assassinei; apenas me defendi contra ele. Queria me matar, porque eu lhe pedira humildemente graça pela bela Missuf, na qual batia impiedosamente. Sou um estrangeiro que vem buscar asilo no Egito; e não é plausível que vindo pedir vossa proteção tenha começado por raptar uma mulher e por assassinar um homem."

Os egípcios eram então justos e humanos. O povo conduziu Zadig à prefeitura. Começaram pensando-lhe o ferimento e em seguida interrogaram-no e a seu criado separadamente para saber a verdade. Reconheceram que Zadig não era um assassino; mas era culpado pelo sangue de um homem: a lei condenava-o a ser escravo. Venderam em favor do povoado seus dois camelos; distribuíram aos habitantes todo ouro que trouxera; sua pessoa foi posta à venda em praça pública, assim como a de seu companheiro de viagem. Um mercador árabe chamado Setoc deu o lance mais alto; mas o criado, mais afeito à fadiga, foi vendido bem mais caro que o senhor. Não havia comparação entre aqueles dois homens. Zadig tornou-se então escravo subordinado a seu criado: ataram-nos juntos com uma cadeia que lhes passaram nos pés, e nesse estado acompanharam o mercador árabe à sua casa. Zadig, no caminho, consolava o criado e exortava-o à paciência; mas, como de hábito, fazia reflexões sobre a vida humana. "Vejo, dizia-lhe, que as desgraças de meu destino ressoam sobre o teu. Tudo me aconteceu até agora de maneira bem estranha. Fui condenado a uma multa por ter visto passar uma cadela; temi ser empalado por causa de um grifo; fui enviado ao suplício por haver feito versos em louvor ao rei; por pouco não fui estrangulado porque a rainha usava fitas amarelas; e eis-me escravo contigo porque um bruto espancou a amante. Vamos, não percamos o ânimo; tudo isso acabará talvez; afinal, os mercadores árabes precisam de escravos; e por que não o seria eu tal como qualquer outro, já que sou homem como qualquer outro? Esse mercador não será impiedoso; precisa tratar bem os escravos, se quer que lhe prestem serviço." Assim falava, e no fundo de seu coração estava ocupado com a sorte da rainha de Babilônia.

Setoc, o mercador, partiu dois dias depois para a Arábia deserta com seus escravos e seus camelos. Sua tribo morava para os lados do deserto de Horeb. O caminho foi longo e penoso. Setoc, durante o trajeto, considerava muito mais o criado do que o senhor, porque o primeiro carregava bem melhor os camelos; e todas as pequenas distinções foram para ele.

Um camelo morreu a dois dias de Horeb: repartiram-lhe a carga nas costas de todos os criados; Zadig recebeu seu quinhão. Setoc pôs-se a rir ao ver todos os escravos caminharem curvados. Zadig tomou a liberdade de explicar-lhe a razão, e ensinou-lhe as leis do equilíbrio. O mercador, surpreso, começou a olhá-lo com outros olhos. Zadig, vendo que lhe excitara a curiosidade, redobrou-a ensinando-lhe muitas coisas que não eram alheias a seu comércio; o peso específico dos metais e dos gêneros num volume igual; as propriedades de vários animais úteis; o modo de tornar úteis aqueles que não o eram; enfim afigurou-se-lhe um sábio. Setoc preferiu-o a seu camarada, que tanto estimara. Tratou-o bem, e não teve motivo para se arrepender.

Chegado à tribo, Setoc começou por cobrar quinhentas onças de prata a um hebreu ao qual as emprestara na presença de duas testemunhas; mas essas duas testemunhas haviam morrido, e o hebreu, nada podendo ser provado contra ele, apropriara-se do dinheiro do mercador, agradecendo a Deus por ter-lhe dado a oportunidade de enganar um árabe. Setoc confiou seu pesar a Zadig, que se tornara seu conselheiro. "Em que lugar, perguntou Zadig, emprestastes vossas quinhentas onças a esse infiel? – Em cima de uma grande pedra, respondeu o mercador, que se encontra aos pés do monte Horeb. – Qual o caráter de vosso devedor?, disse Zadig. – O de um velhaco, continuou Setoc. – Mas estou vos perguntando se é um homem vivo ou fleumático, avisado ou imprudente. – É dentre todos os maus pagadores, disse Setoc, o mais vivo que conheço. – Pois bem!, insistiu Zadig, permiti que defenda vossa causa perante o juiz." Efetivamente convocou o hebreu ao tribunal e falou assim ao juiz: "Guardião do trono da eqüidade, venho cobrar deste homem, em nome de meu senhor, quinhentas onças de prata que ele não quer devolver. – Tendes testemunhas? – disse o juiz. – Não, estão mortas; mas resta uma grande pedra sobre a qual o dinheiro foi contado; e, se aprouver a Vossa Grandeza ordenar que se vá buscar a pedra, estou convicto de que ela prestará testemunho; ficaremos aqui, o hebreu e eu, esperando a chegada da pedra; mandarei buscá-la às expensas de Setoc, meu senhor. – Muito bem", respondeu o juiz; e pôs-se a expedir outros casos.

No final da audiência: "E então!, disse ele a Zadig, vossa pedra ainda não chegou?" O hebreu, rindo, respondeu: "Vossa Grandeza ficará aqui até amanhã, que a pedra não terá ainda chegado; está a mais de seis milhas daqui, e seriam necessários quinze homens para movê-la. – Aí está, exclamou Zadig, bem vos disse que a pedra prestaria testemunho; já que este homem sabe onde ela está, admite pois que foi sobre ela que se contou o dinheiro." O hebreu, desconcertado, foi logo obrigado a confessar tudo. O juiz ordenou que fosse atado à pedra, sem beber nem comer, até que devolvesse as quinhentas onças, que foram logo pagas.

O escravo Zadig e a pedra tornaram-se altamente fiáveis na Arábia.

A fogueira

Setoc, encantado, fez do escravo seu amigo íntimo. Não podia mais passar sem ele, tanto quanto não mais o pudera o rei de Babilônia; e Zadig ficou feliz que Setoc não tivesse mulher. Descobria em seu senhor uma natureza inclinada ao bem, muita retidão e bom senso. Ficou aborrecido ao ver que ele adorava o exército celeste, quer dizer, o sol, a lua, as estrelas, segundo o antigo uso da Arábia. Falava-lhe sobre isso às vezes com muita discrição. Finalmente disse-lhe que eram corpos como os outros, que não mereciam sua homenagem mais do que uma árvore ou um rochedo. "Mas, dizia Setoc, são seres eternos dos quais todos nós tiramos proveito; animam a natureza; regulam as estações; estão além disso tão longe de nós que não podemos evitar venerá-los. – Tirais mais proveito, respondeu Zadig, das águas do mar Vermelho, que leva vossas mercadorias às Índias. Por que ele não seria tão antigo quanto as estrelas? E, se adorais o que está longe de vós, devíeis adorar a terra dos gangárides, que se situa nos confins do mundo. – Não, dizia Setoc, as estrelas são por demais brilhantes para que eu não as adore." Chegada a noite, Zadig acendeu grande número de fachos na tenda em que devia jantar com Setoc; e, assim que o amo chegou, lançou-se de joelhos perante os círios iluminados dizendo-lhes: "Eternas e brilhantes claridades, sede-me sempre propícias!" Tendo proferido essas palavras, pôs-se à mesa sem olhar para Setoc. "Que estais afinal fazendo?, disse-lhe Setoc espantado. – Faço como vós, respondeu Zadig; adoro estas candeias e negligencio o senhor delas e o meu." Setoc entendeu o profundo sentido daquele apólogo. A sabedoria de seu escravo entrou-lhe na alma; não prodigou mais seu incenso às criaturas, e passou a adorar o Ser eterno que as fez.

Havia então na Arábia um costume medonho, vindo originalmente da Cítia, e que, tendo se estabelecido nas Índias por influência dos brâmanes, ameaçava invadir todo o Oriente. Quando um homem casado morria e sua mulher bem-amada queria tornar-se santa, queimava-se em público em cima do corpo do marido. Era uma festa solene que se chamava *a fogueira da viuvez*. A tribo em que houvesse mais mulheres queimadas era a mais considerada. Um árabe da tribo de Setoc tendo morrido, sua viúva, chamada Almona, que era muito devota, comunicou o dia e a hora em que se lançaria ao fogo ao som dos tambores e das trombetas. Zadig advertiu Setoc de quanto esse horrível costume era contrário ao bem do gênero humano; que deixavam queimar todos os dias jovens viúvas que podiam dar filhos ao Estado ou pelo menos educar os seus; e fê-lo convir que era preciso, se possível, abolir um uso tão bárbaro. Setoc respondeu: "Há mais de mil anos as mulheres têm o direito de se queimar. Quem de nós ousará mudar uma lei que o tempo consagrou? Existe coisa mais respeitável que um antigo abuso? – A razão é mais antiga, replicou Zadig. Falai com os chefes das tribos, e eu vou ver a jovem viúva."

Apresentou-se a ela; e, após ter-se insinuado em seu espírito por louvores à sua beleza, após ter-lhe dito quanto era lamentável entregar ao fogo tantos encantos, louvou-a ainda por sua constância e coragem. "Amáveis pois prodigiosamente vosso marido?, disse-lhe. – Eu? de modo algum, respondeu a bela dama árabe. Era um bruto, um ciumento, um homem insuportável; mas estou firmemente resolvida a lançar-me em sua fogueira. – Deve ser, disse Zadig, manifestamente um prazer bem delicioso ser queimada viva. – Ah! isso faz tremer a natureza, disse a dama; mas é preciso passar por isso. Sou devota; perderia a reputação, e todo o mundo zombaria de mim se não me queimasse." Zadig, fazendo-a convir que se queimava pelos outros e por vaidade, falou-lhe longamente, de maneira que a fizesse amar um pouco a vida, e chegou mesmo a inspirar-lhe um pouco de benevolência por aquele que lhe falava. "Que faríeis no final das contas, disse ele, se a vaidade de vos queimar não vos dominasse? – Ai de mim!, disse a dama, creio que vos rogaria esposar-me."

Zadig estava por demais embebido pela idéia de Astarté para não eludir essa declaração; mas foi no mesmo instante ter com os chefes das tribos, contou-lhes o que acontecera, e aconselhou-os a fazer uma lei pela qual não seria permitido a uma jovem viúva queimar-se senão após ter conversado com um rapaz face a face durante uma hora completa. Desde então, nenhuma dama se queimou mais na Arábia. Deveu-se unicamente a Zadig o fato de ter-se destruído num dia um costume tão cruel, que persistia havia tantos séculos. Era pois o benfeitor da Arábia.

A ceia

Setoc, que não podia separar-se daquele homem no qual residia a sabedoria, levou-o à grande feira de Baçorá, à qual deviam comparecer os maiores negociantes da terra habitável. Foi para Zadig uma consolação sensível ver tantos homens de diversas regiões reunidos no mesmo lugar. Parecia-lhe que o universo era uma grande família que se congregava em Baçorá. Viu-se à mesa, já no segundo dia, com um egípcio, um indiano gangáride, um habitante do Catai, um grego, um celta e muitos outros estrangeiros que, em suas freqüentes viagens pelo golfo arábico, haviam aprendido suficientemente o árabe para se fazer entender. O egípcio estava manifestamente colérico. "Que abominável cidade, essa Baçorá!, dizia; recusam-me mil onças de ouro pela melhor mercadoria do mundo. – Como assim, disse Setoc; por qual mercadoria recusaram-vos essa soma? – Pelo corpo de minha tia, respondeu o egípcio; era a mais valorosa mulher do Egito. Sempre me acompanhava; morreu no caminho: transformei-a numa das mais belas múmias que já tivemos; em meu país conseguiria tudo o que quisesse se a oferecesse como penhor. É muito estranho que aqui não me queiram dar nem mil onças de ouro por tão sólida mercadoria." Assim se remoendo, estava prestes a lançar-se sobre uma excelente galinha cozida quando o indiano, segurando-lhe a mão, exclamou aflito: "Oh! que ides fazer? – Comer desta galinha, disse o homem da múmia. – Não façais isso, disse o gangáride; pode ser que a alma da defunta tenha passado ao corpo desta galinha, e certamente não vos quereis expor a comer vossa própria tia. Cozer galinhas é ultrajar manifestamente a natureza. – Que quereis dizer com vossa natureza e com vossas galinhas?, replicou o colérico egípcio; nós adoramos um boi, e nem por isso deixamos de comê-lo. – Adorais um boi! será possível?, disse o homem do Ganges. – Nada mais possível, volveu o outro; há cento e trinta e cinco mil anos o fazemos, e nenhum de nós jamais o contestou. – Ah! cento e trinta e cinco mil anos!, disse o indiano, essa conta é um pouco exagerada; a Índia só é povoada há oitenta mil e somos indubitavelmente vossos ancestrais; Brama nos proibiu comer bois antes que sequer imaginásseis metê-los em altares e espetos. – Delicioso animal, esse vosso Brama, para ser comparado a Ápis!, disse o egípcio; que fez pois vosso Brama de tão extraordinário?" O brâmane respondeu: "Foi ele quem ensinou os homens a ler e a escrever, e é a ele que a terra inteira deve o jogo de xadrez. – Estais enganados, disse um caldeu sentado a seu lado; é ao peixe Oanes que devemos tão grandes graças, e é justo que apenas a ele rendamos homenagem. Todos vos dirão que era um ser divino, que tinha a cauda dourada, uma bela cabeça de homem, e que saía da água para vir pregar em terra três horas por dia. Teve vários filhos que se tornaram reis, como todos sabem. Tenho uma imagem dele em minha casa, que reverencio como devo. Pode-se comer boi à vontade; mas é seguramente uma enorme impiedade cozer peixes; além disso, sois ambos de origem muito pouco nobre e muito recente para me contestarem. A nação egípcia não conta senão cento e trinta e cinco mil anos, e os indianos gabam-se apenas de oitenta mil, enquanto nós temos almanaques de quatro mil séculos. Acreditai-me, renunciai a vossas loucuras, e darei a cada um de vós uma bela imagem de Oanes."

O homem de Cambalu, tomando a palavra, disse: "Respeito profundamente os egípcios, os caldeus, os gregos, os celtas, Brama, o boi Ápis, o belo peixe Oanes; mas talvez Li ou Tien[3], como queiram chamá-lo, possa equiparar-se aos bois e aos peixes. Nada direi de meu país; é tão grande quanto as terras do Egito, da Caldéia e das Índias juntas. Não ponho em causa a antiguidade, porque basta ser feliz, e é bem pouca coisa ser antigo; mas, se fosse o caso de falar de almanaques, diria que a Ásia inteira utiliza os nossos, e que

3. Palavras chinesas que significam propriamente: *Li*, a luz natural, a razão; e *Tien*, o céu. Elas significam também Deus.

os tínhamos muito bons antes que se soubesse aritmética na Caldéia.

– Sois todos uns grandes ignorantes!, exclamou o grego; acaso não sabeis que o caos é o pai de tudo, e que a forma e a matéria puseram o mundo no estado em que está?" Esse grego falou longamente; mas foi finalmente interrompido pelo celta que, tendo bebido desmedidamente enquanto se discutia, passou a acharse mais sábio que todos os outros, e disse imprecando que não havia senão Teutates e o visco de carvalho que merecessem que deles se falasse; que, de sua parte, sempre tinha visco no bolso; que os citas, seus ancestrais, eram as únicas pessoas decentes que jamais existiram no mundo; que haviam, de fato, comido homens algumas vezes, mas que isso não significava que não se devesse ter muito respeito para com sua nação; e que, enfim, se alguém falasse mal de Teutates teria que se haver com ele. A querela inflamou-se, e Setoc viu o momento em que a mesa se cobriria de sangue. Zadig, que se mantivera em silêncio durante toda a discussão, levantou-se enfim: dirigiu-se primeiramente ao celta, que era o mais furioso; disse-lhe que tinha razão, e pediu-lhe visco; louvou o grego pela eloqüência e abrandou todos os espíritos inflamados. Disse pouquíssima coisa ao homem do Catai, porque fora o mais razoável de todos. Em seguida disse-lhes: "Caros amigos, iríeis brigar por nada, pois sois todos da mesma opinião." A esta afirmação todos se alvoroçaram. "Não é acaso verdade, disse ao celta, que não adorais este visco, mas aquele que fez o visco e o carvalho? – Decerto, respondeu o celta. – E vós, senhor egípcio, não reverenciais na imagem de certo boi aquele que vos deu os bois? – De fato, disse o egípcio. – O peixe Oanes, continuou ele, deve ceder àquele que fez o mar e os peixes. – Concordo, disse o caldeu. – O indiano, acrescentou, e o homem do Catai reconhecem como vós um primeiro princípio; não entendi de todo as coisas admiráveis que o grego disse, mas estou certo que também ele admite um Ser superior, de quem a forma e a matéria dependem." O grego, que todos admiravam, disse que Zadig havia apreendido muito bem seu pensamento. "Sois portanto da mesma opinião, replicou Zadig, e não há motivo para brigas." Todos o abraçaram. Setoc, após ter vendido bem caro seus artigos, reconduziu o amigo Zadig à sua tribo. Logo que chegou, Zadig soube que o haviam julgado em sua ausência, e que seria queimado em fogo brando.

Os encontros

Durante sua viagem a Baçorá, os sacerdotes das estrelas haviam decidido puni-lo. As pedrarias e os adornos das jovens viúvas que enviavam à fogueira pertenciam-lhes de direito; o mínimo que podiam fazer era mandar queimar Zadig pela peça que lhes pregara. Acusaram-no então de ter sentimentos equivocados a respeito do exército celeste; depuseram contra ele e juraram tê-lo ouvido dizer que as estrelas não se punham no mar. Essa blasfêmia medonha fez estremecer os juízes; ficaram a ponto de dilacerar as próprias roupas quando ouviram essas palavras ímpias, o que sem dúvida teriam feito se Zadig tivesse com que pagá-las. Mas, no auge da dor, contentaram-se em condená-lo a ser queimado em fogo brando. Setoc, desesperado, empregou em vão todo seu crédito para salvar o amigo; foi logo obrigado a se calar. A jovem viúva Almona, que tomara muito gosto pela vida, e que devia essa graça a Zadig, resolveu livrá-lo da fogueira, da qual ele lhe mostrara o abuso. Ruminou seu desígnio consigo mesma, sem nada dizer a ninguém. Zadig devia ser executado no dia seguinte; tinha apenas a noite para salvá-lo: eis como agiu, como mulher caridosa e prudente.

Perfumou-se, realçou sua beleza com os mais ricos e galantes vestidos, e foi pedir uma audiência secreta ao chefe dos sacerdotes das estrelas. Quando se encontrou diante desse ancião venerável, falou-lhe nos seguintes termos: "Primogênito da Ursa Maior, irmão do Touro, primo do Cão Maior (eram os títulos do pontífice), venho confiar-vos meus escrúpulos. Temo haver cometido grande pecado não me tendo queimado na fogueira de meu caro marido. Pois, que tinha acaso a conservar? Uma carne perecível e já um tanto corrompida." Dizendo essas palavras, descobriu das longas mangas de seda os braços nus, admiravelmente bem formados e de uma brancura resplandecente. "Bem vedes, disse ela, o pouco que isso vale." O pontífice achou, em seu coração, que aquilo valia muito. Seus olhos o disseram, e sua boca o confirmou: jurou não haver visto em toda sua vida tão belos braços. "Ai de mim!, disse a viúva, os braços podem estar um pouco menos fanados do que o resto; mas confessar-me-eis que o colo não era digno de meus cuidados." Deixou então ver o seio mais encantador que a natureza jamais formou. Um botão de rosa sobre uma maçã de marfim pareceria ao pé dele uma garança em cima de um buxo, e carneiros saídos do lavadouro pareceriam de um amarelo encardido. Aquele colo, seus grandes olhos negros que enlanguesciam brilhando meigamente com um fogo terno, suas faces animadas da mais bela púrpura misturada ao branco do mais puro leite; seu nariz, que não era como a torre do monte Líbano; seus lábios, que eram como duas orlas de coral guardando as mais belas pérolas do mar da Arábia, tudo isso fez crer ao ancião que ele tinha vinte anos. Fez gaguejando uma declaração terna. Almona, vendo-o inflamado, pediu-lhe graça para Zadig. "Infelizmente!, disse ele, minha bela dama, ainda que eu lhe concedesse sua graça, minha indulgência de nada serviria; deve ser assinada por três outros de meus confrades. – Assinai ainda assim, disse Almona. – Com prazer, disse o sacerdote, com a condição de que vossos favores sejam o preço de minha facilidade. – Fazei-me grande honra, disse Almona; tende apenas a bondade de vir ao meu quarto após o pôr do sol, e assim que a brilhante estrela *Sheat* aparecer no horizonte, encontrar-me-eis num sofá cor-de-rosa, e dele disporeis como puderdes com vossa criada." Saiu então, levando consigo a assinatura, e deixando o ancião cheio de amor e de desconfiança quanto às suas forças. Ele empregou o resto do dia a banhar-se; bebeu um licor composto de canela do Ceilão, e das preciosas especiarias de Tidor e de Ternate, e esperou com impaciência que a estrela *Sheat* se dispusesse a aparecer.

Entrementes a bela Almona foi ter com o segundo pontífice. Este lhe assegurou que o sol, a lua e todos os astros do firmamento não passavam de fogos-fátuos comparados a seus encantos. Ela pediu-lhe a mesma graça, e propuseram-lhe pagar igual preço. Deixou-se vencer, e marcou um encontro com o segundo pontífice ao nascer da estrela *Algénib*. Dali passou em casa do terceiro e do quarto sacerdotes, sempre apanhando uma assinatura e marcando encontros de estrela em estrela. Advertiu então os juízes que viessem à sua casa para um negócio importante. Eles foram: ela lhes mostrou os quatro nomes, e contou-lhes a que preço os sacerdotes haviam vendido a graça de Zadig. Cada um deles chegou na hora prescrita; cada um deles ficou bastante surpreso de encontrar ali seus confrades, e mais ainda de encontrar os juízes, perante quem sua vergonha foi manifesta. Zadig foi salvo. Setoc ficou tão encantado com a habilidade de Almona que a tornou sua mulher.

Zadig partiu após ter-se lançado aos pés de sua bela libertadora. Setoc e ele separaram-se chorando, jurando-se amizade eterna e prometendo-se que o primeiro dos dois que fizesse uma grande fortuna participaria ao outro.

Zadig se pôs a caminho da Síria, sempre pensando na infeliz Astarté, e sempre refletindo sobre a sorte que se obstinava a pregar-lhe peças e a persegui-lo. "Quê!, dizia, quatrocentas onças de ouro por haver visto passar uma cadela! condenado a ser decapitado por quatro maus versos em louvor do rei! prestes a ser estrangulado porque a rainha usava babuchas da cor de meu barrete! reduzido à escravidão por haver socorrido uma mulher em quem batiam; e a ponto de ser queimado vivo por haver salvado a vida de todas as jovens viúvas árabes!"

O bandido

Chegando às fronteiras que separam a Arábia Petra da Síria, quando passava perto de um castelo bastante fortificado, árabes armados dele saíram. Viu-se cercado; gritavam-lhe: "Tudo que tendes nos pertence, e vossa pessoa pertence a nosso senhor." Zadig, como resposta, sacou a espada; seu criado, que era corajoso, fez o mesmo. Estiraram mortos os primeiros árabes que puseram as mãos neles; o número redobrou: não se abalaram, e decidiram perecer combatendo. Viam-se dois homens defender-se contra uma multidão; tal combate não podia durar muito tempo. O senhor do castelo, chamado Arbogad, tendo visto de uma janela os prodígios de valor de que dava provas Zadig, concebeu estima por ele. Desceu às pressas, e veio em pessoa afastar seus homens e liberar os dois viajantes. "Tudo que passa por minhas terras me pertence, disse ele, tanto quanto o que encontro nas terras dos outros; mas pareceis-me tão valoroso que vos isento da lei comum." Fê-lo entrar em seu castelo, ordenando a seus homens de tratá-lo bem; e, à noite, Arbogad quis cear com Zadig.

O senhor do castelo era um desses árabes a que chamamos *ladrões*; mas praticava às vezes boas ações em meio a uma multidão de más; roubava com uma rapacidade furiosa, e dava liberalmente: intrépido na ação, terno no trato social, debochado à mesa, alegre no deboche, e acima de tudo extremamente franco. Zadig agradou-o muito; a conversação, que se foi animando, fez o jantar prolongar-se; finalmente Arbogad lhe disse: "Aconselho-vos a vos alistar entre os meus, não tendes melhor coisa a fazer; esse ofício não é tão ruim; podereis um dia tornar-vos o que sou. – Posso perguntar-vos, disse Zadig, desde quando exerceis essa nobre profissão? – Desde minha mais tenra juventude, tornou o senhor. Era criado de um árabe bastante hábil; minha situação era-me insuportável. Desesperava-me vendo que, na terra inteira que pertence igualmente aos homens, o destino não me reservara minha parte. Confiei minhas penas a um velho árabe que me disse: "Meu filho, não desespereis; havia outrora um grão de areia que se lamentava por ser um átomo ignorado nos desertos; ao fim de alguns anos tornou-se um diamante, e é hoje o mais belo adorno da coroa do rei das Índias." Esse discurso me impressionou; eu era o grão de areia, resolvi tornar-me diamante. Comecei roubando dois cavalos; reuni companheiros; pus-me em condições de roubar pequenas caravanas: assim fiz cessar pouco a pouco a desproporção que havia inicialmente entre os homens e mim. Obtive minha parte nos bens deste mundo, e fui mesmo ressarcido com usura: passei a ser muito considerado: tornei-me senhor bandido; adquiri este castelo por vias de fato. O sátrapa da Síria quis me desapossar; mas eu já era demasiado rico para temer alguma coisa; dei dinheiro ao sátrapa, mediante o que conservei este castelo e ampliei meus domínios; ele chegou a nomear-me tesoureiro dos tributos que a Arábia Petra pagava ao rei dos reis. Cumpri meu encargo de recebedor, e de modo algum o de pagador.

"O grande Desterham de Babilônia enviou até aqui, em nome do rei Moabdar, um pequeno sátrapa para me fazer estrangular. Esse homem chegou com sua ordem: eu já sabia de tudo; mandei estrangular em sua presença as quatro pessoas que trouxera consigo para apertar o nó; após o que lhe perguntei o quanto podia valer-lhe a missão de me estrangular. Respondeu-me que seus honorários podiam montar a trezentas moedas de ouro. Fi-lo ver claramente que teria mais a ganhar comigo. Tornei-o bandido assistente; hoje é um de meus melhores oficiais, e dos mais ricos. Se fizerdes o que digo, vencereis como ele. Nunca a temporada de roubo esteve melhor, desde que Moabdar foi morto e que tudo está transtornado em Babilônia.

– Moabdar está morto!, disse Zadig; e que aconteceu à rainha Astarté? – Não sei, replicou Arbogad; tudo que sei é que Moabdar ficou louco, que o mataram, que Babilônia tornou-se um grande valhacouto de bandidos, que o império inteiro está desolado, que há ainda belos golpes a serem dados, e que de minha parte apliquei alguns admiráveis. – Mas a rainha, suplicou Zadig; acaso nada sabeis do destino da rainha? – Falaram-me de um príncipe de Hircânia, tornou ele; está provavelmente entre suas concubinas, se não foi morta no tumulto; mas sou mais curioso de butim que de notícias. Apanhei várias mulheres em meus saques, não conservo nenhuma; vendo-as caro quando são belas, sem indagar o que são. Não se compra a posição; uma rainha feia não encontraria mercador: talvez eu tenha vendido a rainha Astarté, talvez ela esteja morta; mas pouco me importa, e penso que não vos deveis preocupar mais do que eu. – Assim falando ele bebia com tanta vontade, confundia de tal modo todas as idéias, que Zadig não pôde arrancar-lhe nenhum esclarecimento.

Ficou pasmo, arrasado, imóvel. Arbogad continuava a beber, contava histórias, repetia sem cessar que era o mais feliz de todos os homens, exortando Zadig a tornar-se tão feliz quanto ele. Finalmente, ternamente entorpecido pelos vapores do vinho, foi dormir um sono tranqüilo. Zadig passou a noite na mais violenta agitação. "Quê, dizia, o rei ficou louco! mataram-no! Não posso deixar de lamentá-lo. O império está em frangalhos e este bandido está feliz: ó fortuna! ó destino! um ladrão é feliz, e aquilo que a natureza fez de mais amável talvez tenha perecido de maneira medonha, ou esteja vivendo num estado pior que a morte. Ó Astarté! que vos terá acontecido?"

Logo ao raiar do dia interrogou todos aqueles com quem cruzava no castelo; mas todos estavam ocupados, ninguém lhe respondia: haviam feito durante a noite novas conquistas, dividiam os despojos. Tudo o que pôde obter nessa confusão tumultuosa foi a permissão de partir. Aproveitou-a sem demora, mais mergulhado que nunca em suas dolorosas reflexões.

Zadig caminhava inquieto, agitado, com o espírito inteiramente ocupado com a infeliz Astarté, o rei de

Babilônia, o fiel Cador, o feliz bandido Arbogad, com aquela mulher tão caprichosa que alguns babilônios haviam raptado nos confins do Egito, enfim com todos os contratempos e todos os infortúnios que experimentara.

O pescador

A algumas léguas do castelo de Arbogad, achou-se às margens de um riacho, deplorando sem cessar seu destino, e vendo-se como a representação mesma da desgraça. Viu um pescador deitado na margem segurando com mão lânguida a rede, que parecia negligenciar, e erguendo os olhos para o céu.

"Sou certamente o mais infeliz de todos os homens, dizia o pescador. Era, na opinião de todos, o mais célebre mercador de queijos de Babilônia, e fui à ruína. Tinha a mais graciosa mulher que um homem de minha classe possa possuir, e fui traído. Restava-me uma humilde casa, vi-a pilhada e destruída. Refugiado numa cabana, tenho por único recurso minha pesca, e não apanho nenhum peixe. Ó minha rede! Não mais te lançarei à água, sou eu que devo nela lançar-me." Dizendo essas palavras, levanta-se e põe-se a caminhar na atitude de um homem que vai se precipitar e dar cabo da vida.

"Pois então!, disse Zadig consigo mesmo, existem homens tão infelizes quanto eu!" O ardor de salvar a vida ao pescador foi tão pronto quanto esta reflexão. Corre até ele, detém-no, interroga-o com um ar afetuoso e consolador. Dizem que somos menos infelizes quando não o somos sozinhos; mas, segundo Zoroastro, não é por maldade, e sim por necessidade. Sentimo-nos então atraídos para um infortunado como para um semelhante. A alegria de um homem feliz seria um insulto; mas dois infelizes são como dois frágeis arbustos que apoiando-se um no outro fortalecem-se contra a tempestade.

"Por que sucumbis às vossas desgraças? – perguntou Zadig ao pescador. – Porque, respondeu este, não lhes encontro outro remédio. Fui o homem mais considerado do povoado de Derlback, junto a Babilônia, e fazia, com a ajuda de minha mulher, os melhores queijos do império. A rainha Astarté e o famoso ministro Zadig apreciavam-nos vivamente. Fornecera às suas casas seiscentos queijos. Fui um dia à cidade para receber; soube, chegando em Babilônia, que a rainha e Zadig haviam desaparecido. Corri à casa do senhor Zadig, que nunca vira; encontrei os arqueiros do grande Desterham que, munidos de uma autorização real, pilhavam-lhe a casa lealmente e com ordem. Voei para as cozinhas da rainha; alguns forneiros me disseram que estava morta; outros disseram que estava na prisão; outros pretendiam que fugira; mas todos asseguraram que não me pagariam os queijos. Fui com minha mulher à casa do senhor Orcan, que era um de meus fregueses habituais: pedimos sua proteção em nossa desgraça. Concedeu-a à minha mulher, e recusou-a a mim. Ela era mais branca que os queijos que originaram minha desgraça; e o esplendor da púrpura de Tiro não era mais brilhante que o encarnado que animava aquela brancura. Foi o que fez com que Orcan a retivesse, e me expulsasse de sua casa. Escrevi à minha cara mulher a carta de um desesperado. Ela disse ao portador: "Ah sim! Conheço o homem que escreveu, já ouvi falar dele: dizem que faz queijos excelentes; tragam-me alguns e paguem-no."

Na minha desgraça, quis recorrer à justiça. Restavam-me seis onças de ouro: tive que dar duas onças ao homem da lei que consultei, duas ao procurador que encaminhou meu caso, duas ao secretário do primeiro juiz. Depois de tudo isso, meu processo mal havia começado, e eu já gastara mais dinheiro que minha mulher e meus queijos valiam. Voltei a meu povoado com a intenção de vender a casa para reaver minha mulher.

"Minha casa valia ao menos sessenta onças de ouro; mas viam-me pobre e com pressa de vender. O primeiro a quem me dirigi ofereceu-me trinta onças; o segundo, vinte; e o terceiro, dez. Estava prestes a fechar negócio, tanto estava cego, quando um príncipe de Hircânia veio a Babilônia e devastou tudo à sua passagem. Minha casa foi primeiro saqueada e depois queimada.

"Tendo assim perdido meu dinheiro, minha mulher e minha casa, retirei-me a este recanto onde me vedes; tentei subsistir do ofício de pescador. Os peixes zombam de mim como os homens: nada apanho, morro de fome; e sem vós, augusto consolador, iria morrer no riacho."

O pescador não contou essa história ininterruptamente; pois a todo momento Zadig, emocionado e exaltado, dizia-lhe: "Como! Nada sabeis do destino da rainha? – Não, senhor, respondia o pescador; mas sei que a rainha e Zadig não me pagaram os meus queijos, que me tomaram a mulher, e que estou desesperado.

– Estou certo, disse Zadig, de que não perderás todo vosso dinheiro. Ouvi falar desse Zadig; é homem honesto; e se voltar a Babilônia, como pretende, pagará mais do que vos deve; mas quanto à vossa mulher, que não é tão honesta assim, aconselho-vos a não tentar reavê-la. Confiai em mim, ide a Babilônia; chegarei antes de vós, porque estou a cavalo e vós a pé. Dirigi-vos ao ilustre Cador; dizei-lhe que encontrastes seu amigo; esperai-me em casa dele. Ide! quem sabe vossa infelicidade tenha fim.

"Ó poderoso Orosmade!, continuou ele, servi-vos de mim para consolar este homem; de quem vos servireis para me consolar?" Assim falando, deu ao pescador a metade de todo o dinheiro que trouxera da Arábia, e o pescador, confuso e comovido, beijava os pés do amigo de Cador, e dizia: "Sois um anjo salvador."

Entrementes Zadig continuava a pedir notícias, derramando lágrimas. "Como, senhor!, exclamou o pescador, sereis pois também infeliz, vós que praticais o bem? – Mais infeliz que vós cem vezes, respondia Zadig. – Mas como é possível, dizia o homem, que aquele que dá seja mais digno de pena do que aquele que recebe? – É que vossa maior desgraça, replicou Zadig, era a necessidade, e eu sou infortunado por razões de coração. – Acaso Orcan tomou-vos a mulher? – perguntou o pescador." Esta frase trouxe de volta ao espírito de Zadig todas suas aventuras; recitava a lista de seus infortúnios, desde a cadela da rainha até sua chegada em casa do bandido Arbogad. "Ah!, disse ao pescador, Orcan merece ser punido. Mas em geral são essas as pessoas que o destino favorece. De qualquer modo, ide até a casa de Cador, e esperai-me." Separaram-se: o pescador se pôs a andar agradecendo seu destino, e Zadig a correr acusando incessantemente o seu.

O basilisco

Chegando a uma bela pradaria, viu várias mulheres que procuravam alguma coisa com muito afã. Tomou a liberdade de aproximar-se de uma delas e perguntar-lhe se poderia ter a honra de ajudá-las em sua busca. "De modo algum, respondeu a síria; o que procuramos não pode ser tocado senão por mulheres. – Que estranha coisa, disse Zadig; ousarei rogar-vos dizer-me que coisa é essa que só às mulheres é permitido tocar? – Um basilisco, disse ela. – Um basilisco, senhora! E por que razão, dizei-me, procurais um basilisco? – É para nosso amo e senhor Ogul, cujo castelo podeis ver às margens deste riacho, no final desta pradaria. Somos suas mui humildes escravas; o senhor Ogul está doente; seu médico receitou-lhe um basilisco cozido em água-de-rosas; e como é um animal bem raro, e que só se deixa apanhar por mulheres, o senhor Ogul prometeu escolher como sua esposa bem-amada aquela de nós que lhe levar um basilisco: deixai-me procurar, por favor, pois bem vedes o que me custaria se minhas companheiras me precedessem."

Zadig deixou a síria e as outras procurando o basilisco, e continuou a andar pela pradaria. Quando estava às margens de um riacho, encontrou uma outra senhora deitada na relva, e que não procurava nada.

Seu porte parecia majestoso, mas seu rosto estava coberto por um véu. Estava debruçada no riacho; profundos suspiros saíam-lhe da boca. Tinha na mão um graveto, com o qual traçava caracteres na areia fina que havia entre a relva e a água. Zadig teve curiosidade de ver o que a mulher estava escrevendo; aproximou-se, viu a letra Z, depois um A: ficou espantado; depois surgiu um D: ele estremeceu. Jamais surpresa igualou-se à sua quando viu as duas últimas letras de seu nome. Permaneceu algum tempo imóvel; finalmente, rompendo o silêncio com voz entrecortada: "Ó generosa senhora! Perdoai a um estrangeiro, a um infortunado, ousar perguntar-vos por que ventura espantosa encontro aqui o nome de ZADIG traçado por vossa mão divina." A esta voz, a estas palavras, a dama retirou o véu com mão trêmula, olhou para Zadig, soltou um grito de emoção, de surpresa e de alegria e, sucumbindo a todos os movimentos diversos que assaltavam-lhe simultaneamente a alma, desvaneceu-se em seus braços. Era Astarté em pessoa, era a rainha de Babilônia, era aquela que Zadig adorava, e que se recriminava de adorar, era aquela cujo destino tanto lamentara e tanto temera. Permaneceu um momento privado do uso dos sentidos; quando fitou os olhos de Astarté, que se reabriam com um langor misto de confusão e de emoção: "Ó potências imortais!, exclamou Zadig, que presidis aos destinos dos débeis humanos, devolveis-me pois Astarté? Em que tempo, em que lugar, em que estado a revejo?" Lançou-se de joelhos perante Astarté, e uniu a testa à poeira de seus pés. A rainha de Babilônia ergue-o, e fá-lo sentar-se junto a ela às margens do riacho; enxugava a todo momento o pranto; suas lágrimas não podiam resolver-se a não correr. Retomava vinte vezes frases que seus gemidos interrompiam; interrogava-o sobre o acaso que os reunia, e súbito interrompia suas respostas com outras perguntas. Começava a contar suas desgraças, e queria saber as de Zadig. Finalmente, tendo ambos apaziguado um pouco o tumulto de suas almas, Zadig contou-lhe em poucas palavras por que ventura encontrava-se naquela pradaria. "Mas, ó infeliz e respeitável rainha! Como vos encontro neste lugar remoto, vestida como escrava, e acompanhada por outras mulheres escravas que procuram um basilisco para cozinhar em água de rosas por ordem do médico.

– Enquanto elas procuram o basilisco, disse a bela Astarté, vou contar-vos tudo o que sofri, e tudo o que perdoei ao céu assim que vos revi. É de vosso conhecimento que ao rei meu marido não agradou que fôsseis o mais amável dos homens; e que foi por essa razão que tomou uma noite a resolução de mandar-vos estrangular e de me envenenar. Sabeis como o céu permitiu que meu pequeno mudo me advertisse da ordem de sua Sublime Majestade. Tão logo o fiel Cador vos forçou a me obedecer e a partir, ousou entrar em meus aposentos no meio da noite por uma saída secreta. Raptou-me, e conduziu-me ao templo de Orosmade, onde o mago, seu irmão, trancou-me dentro de uma estátua colossal cuja base toca os fundamentos do templo e cuja cabeça atinge a abóbada. Ali fiquei como que sepulta, mas servida pelo mago, não me faltando nenhuma coisa necessária. Entrementes, ao raiar do dia, o apoticário de Sua Majestade entrou em meu quarto com uma poção mista de meimendro, ópio, cicuta, eléboro negro e acônito; e um outro oficial dirigiu-se à vossa casa com um cordão de seda azul. Não encontraram ninguém. Cador, para melhor enganar o rei, fingiu vir nos acusar a ambos. Disse que havíeis tomado o caminho das Índias, e eu o de Mênfis: enviaram satélites em nosso encalço.

"Os mensageiros que me procuravam não me conheciam. Jamais mostrara meu rosto, exceto para vós, na presença e por ordem de meu esposo. Correram em meu encalço, de acordo com o retrato que lhes haviam feito de minha pessoa: uma mulher da mesma altura que eu, e que talvez tivesse mais encantos, ofereceu-se aos seus olhares nas fronteiras do Egito. Estava banhada em lágrimas, errante. Não tiveram dúvidas que aquela mulher fosse a rainha de Babilônia; levaram-na a Moabdar. Seu engano fez com que o rei entrasse numa violenta cólera; mas logo, considerando mais de perto aquela mulher, achou-a muita bela e consolou-se. Chamava-se Missuf. Disseram-me depois que esse nome significa na língua egípcia *a bela caprichosa.* E assim era de fato; mas tinha tanta arte quanto capricho. Agradou a Moabdar. Subjugou-o a ponto de fazer-se proclamar sua mulher. Então seu caráter manifestou-se integralmente: entregou-se sem temor a todas as loucuras de sua imaginação. Quis obrigar o chefe dos magos, que era velho e gotoso, a dançar diante dela; e ante a recusa do mago, perseguiu-o violentamente. Mandou seu cavalariço-mor prepararlhe uma torta confeitada. O cavalariço argumentou o quanto pôde que não era confeiteiro, mas teve que fazer a torta; e caiu em desgraça, porque ela ficou muito tostada. Deu o cargo de cavalariço-mor a seu anão, e o posto de chanceler a um pajem. Foi assim que governou Babilônia. Todos sentiam saudades minhas. O rei, que fora um homem de bem até o momento em que decidira envenenar-me e vos mandar estrangular, parecia ter afogado suas virtudes no amor prodigioso que tinha pela bela caprichosa. Foi ao templo no grande dia do fogo sagrado. Vi-o implorar aos deuses por Missuf ao pé da estátua em que estava encerrada. Elevei a voz; gritei-lhe: "Os deuses recusam os votos de um rei tornado tirano, que quis a morte de uma mulher sensata para esposar uma extravagante." Moabdar ficou tão confuso com essas palavras que sua cabeça turvou-se. O oráculo que eu pronunciara e a tirania de Missuf bastaram para fazê-lo perder o juízo. Enlouqueceu em poucos dias.

"Sua loucura, que pareceu um castigo do céu, foi o sinal para a revolta. O povo sublevou-se, correram às armas. Babilônia, tanto tempo mergulhada numa moleza ociosa, tornou-se o teatro de uma guerra civil medonha. Tiraram-me do oco de minha estátua, e puseram-me à frente de um partido. Cador correu a Mênfis, para trazer-vos de volta a Babilônia. O príncipe de Hircânia, informado dessas funestas novas, voltou com seu exército para fazer uma terceira investida na Caldéia. Atacou o rei, que correu a seu encontro com sua extravagante egípcia. Moabdar morreu transpassado de golpes. Missuf caiu nas mãos do vencedor. Minha desgraça quis que também eu fosse apanhada por um batalhão hircânio, e que me conduzissem perante o príncipe precisamente no mesmo momento em que lhe levavam Missuf. Ficareis orgulhoso, sem dúvida, ao saber que o príncipe me achou mais bela que a egípcia: mas ficareis desgostoso ao saber que me destinou a seu harém. Disse-me resolutamente que, assim que acabasse uma expedição militar que iria executar, viria ter comigo. Julgai minha dor. Meus laços com Moabdar estavam rompidos, eu podia ser de Zadig; e caía nos grilhões daquele bárbaro. Respondi-lhe com todo orgulho que me davam minha posição e meus sentimentos. Sempre ouvira dizer que o céu associava às pessoas de minha classe um caráter de grandeza que com uma palavra e um olhar impunha o mais profundo respeito aos temerários que ousavam faltar a ele. Falei como rainha, mas fui tratada como criada. O hircaniano, sem dignar-se nem ao menos dirigir-me a palavra, disse a seu eunuco negro que eu era uma impertinente, mas que me achava linda. Ordenou-lhe cuidar de mim, colocando-me no regime das favoritas, a fim de tornar minha pele mais fresca e eu mesma mais digna de seus favores no dia em que tivesse a complacência de honrar-me com eles. Disse-lhe que me mataria: replicou, rindo, que ninguém se matava, que estava acostumado com tais modos, e deixou-me como um homem que acaba de acrescentar um papagaio à sua criação. Que situação para a primeira rainha do universo, e, direi mais, para um coração que pertencia a Zadig!"

A estas palavras, ele lançou-se-lhe aos joelhos e banhou-os de lágrimas. Astarté ergueu-o carinhosamente e continuou assim: "Via-me em poder de um bárbaro, e rival de uma louca com a qual estava presa. Ela me contou sua aventura no Egito. Julguei pelos traços com os quais vos pintava, pela época, pelo dromedário que montáveis, por todas as circunstâncias, que fora Zadig quem combatera por ela. Estava certa de que vos encontráveis em Mênfis; tomei a resolução de ir até lá. "Bela Missuf, disse-lhe, sois muito mais amável que eu, entretereis bem melhor o príncipe de Hircânia. Facilitai-me os meios de fugir; reinareis sozinha; far-me-eis feliz, e vos livrareis de uma rival." Missuf tramou comigo os meios de minha fuga. Parti então secretamente com uma escrava egípcia.

"Achava-me já perto da Arábia quando um famoso ladrão, chamado Arbogad, raptou-me e vendeu-me a mercadores que me trouxeram a este castelo, em que reside o senhor Ogul. Comprou-me sem saber quem eu era. É um homem voluptuoso cujo grande prazer consiste em banquetear-se, e que acredita que Deus o pôs no mundo para ficar à mesa. É de uma gordura excessiva, que está sempre prestes a sufocá-lo. Seu médico, que de pouco crédito goza junto a ele quando digere bem, governa-o despoticamente quando come demais. Persuadiu-o que o curaria com um basilisco cozido em água-de-rosas. O senhor Ogul prometeu sua mão àquela de suas escravas que lhe trouxesse um basilisco. Bem vedes que as deixo esfalfar-se para merecer esta honra, e nunca tive menos vontade de encontrar esse basilisco do que agora que o céu permitiu-me rever-vos."

Então Astarté e Zadig disseram-se tudo o que sentimentos longamente sufocados, tudo o que suas desgraças e amores podiam inspirar aos corações mais nobres e mais apaixonados; e os gênios que presidem ao amor levaram suas palavras até a esfera de Vênus.

As mulheres voltaram à casa de Ogul sem nada haver encontrado. Zadig apresentou-se a ele e falou-lhe nestes termos: "Que a saúde imortal desça do céu para zelar sobre todos vossos dias! Sou médico, acorri a vós trazido pelo rumor de vossa doença, e trouxe-vos um basilisco cozido em água-de-rosas. Não que pretenda desposar-vos: só vos peço a liberdade de uma jovem escrava de Babilônia que possuís há alguns dias; e consinto em permanecer como escravo em seu lugar se não tiver a felicidade de curar o magnífico senhor Ogul."

A proposta foi aceita. Astarté partiu para Babilônia com o criado de Zadig, prometendo-lhe enviar incessantemente um mensageiro para informá-lo de tudo o que acontecesse. Suas despedidas foram tão comovidas quanto seu reencontro. O momento em que nos encontramos, e aquele em que nos separamos, são os dois grandes instantes da vida, como diz o grande livro do Zenda. Zadig amava a rainha tanto quanto jurava, e a rainha amava Zadig mais do que dizia.

Entrementes Zadig falou assim a Ogul: "Senhor, o basilisco não deve ser comido, toda sua virtude deve entrar em vós pelos poros. Coloquei-o num pequeno odre bem inflado e revestido por uma pele fina: deveis chutar este odre com todas vossas forças, e eu devolvê-lo a vós diversas vezes; e, em poucos dias de regime, vereis de que minha arte é capaz." Ogul, no primeiro dia, ficou inteiramente sem fôlego, e pensou que morreria de cansaço. No segundo, ficou menos cansado e dormiu melhor. Em oito dias recobrou toda a força, a saúde, a leveza e a alegria de seus anos mais brilhantes. "Jogastes bola, e mantivestes-vos sóbrio, disse-lhe Zadig. Sabei, senhor, que não existem basiliscos na natureza, que nos sentimos sempre bem com sobriedade e exercício, e que a arte de fazer subsistir juntas a intemperança e a saúde é uma arte tão quimérica quanto a pedra filosofal, a astrologia judiciária e a teologia dos magos."

O primeiro médico de Ogul, sentindo o quanto aquele homem era perigoso para a medicina, uniu-se com o apoticário da corporação para enviar Zadig procurar basiliscos no outro mundo. Assim, após ter sido sempre punido por ter agido justamente, estava prestes a morrer por ter curado um senhor glutão. Convidaram-no para um excelente jantar. Devia ser envenenado no segundo serviço; mas recebeu uma mensagem da bela Astarté no primeiro. Abandonou a mesa e partiu. Quando se é amado por uma bela mulher, diz o grande Zoroastro, sempre nos livramos dos perigos deste mundo.

Os combates

A rainha fora recebida em Babilônia com os transportes que sempre se concedem a uma bela princesa que foi infeliz. Babilônia parecia então mais tranqüila. O príncipe de Hircânia fora morto num combate. Os babilônios, vencedores, declararam que Astarté esposaria aquele que escolhessem como soberano. Não quiseram que o primeiro lugar do mundo, o de marido de Astarté e de rei de Babilônia, dependesse das intrigas e das cabalas. Juraram reconhecer como rei o mais valente e o mais sábio. Uma grande liça, cercada de anfiteatros magnificamente ornados, foi montada a algumas léguas da cidade. Os combatentes ali deviam comparecer munidos de todas suas armas. Cada um deles tinha atrás dos anfiteatros um aposento separado, no qual não poderia ser visto nem reconhecido por ninguém. Deviam combater quatro vezes. Os que fossem bastante felizes para vencer quatro cavaleiros deviam combater em seguida uns contra os outros; de modo que aquele que fosse o último senhor do campo seria proclamado vencedor dos jogos. Este deveria retornar quatro dias depois com as mesmas armas e decifrar os enigmas propostos pelos magos. Se não decifrasse os enigmas, não seria rei, e recomeçariam as justas até que se encontrasse um homem que fosse vencedor nesses dois combates: pois se queria inexoravelmente como rei o mais valente e o mais sábio. A rainha, durante todo esse tempo, devia ser rigorosamente guardada: era-lhe permitido apenas assistir aos jogos, coberta por um véu; mas não se toleraria que falasse com nenhum dos pretendentes, a fim de que não houvesse nem favor nem injustiça.

Era o que Astarté fazia saber ao amante, esperando que mostraria por ela mais valor e espírito que ninguém. Ele partiu, e rogou a Vênus que lhe fortalecesse a coragem e esclarecesse o espírito. Chegou às margens do Eufrates na véspera do grande dia. Inscreveu sua divisa entre as dos combatentes, ocultando o rosto e o nome, como ordenava a lei, e foi repousar no apartamento que lhe coube por sorteio. Seu amigo Cador, que voltara a Babilônia, após tê-lo inutilmente procurado no Egito, fez com que levassem à sua lójia uma armadura completa que a rainha lhe enviava. Mandou que lhe levassem também, de sua parte, o mais belo cavalo da Pérsia. Zadig reconheceu Astarté naqueles presentes: sua coragem e seu amor encheram-se de novas forças e de novas esperanças.

No dia seguinte, a rainha tendo vindo se colocar sob um pálio de pedrarias e estando os anfiteatros repletos de todas as damas e de todas as ordens de Babilônia, os combatentes apareceram no circo. Cada um deles veio depositar sua divisa aos pés do grande mago. Procederam ao sorteio das divisas; a de Zadig foi a última. O primeiro que se apresentou era um senhor muito rico, chamado Itobad, bastante vaidoso, pouco corajoso, muito inábil, e sem espírito. Seus criados haviam-no persuadido que um homem como ele devia ser rei; ele lhes respondera: "Um homem como eu deve reinar." Assim haviam-no armado dos pés à cabeça. Vestia uma armadura de ouro esmaltada de verde, um penacho verde, uma lança ornada de fitas verdes. Percebeu-se desde o início, pelo modo com que Itobad governava o cavalo, que não era a um homem como ele que o céu reservava o cetro de Babilônia. O primeiro cavaleiro que correu a seu encontro arrancou-o da sela; o segundo fê-lo cair no lombo do cavalo, com as duas pernas para cima e os braços estendidos. Itobad reergueu-se, mas de modo tão desgracioso que todo o anfiteatro se pôs a rir. Um terceiro não se dignou servir-se da lança mas, avançando em sua direção, pegou-o pela perna direita fazendo-o dar meia-volta e cair na areia: os escudeiros dos jogos acorreram a ele rindo e recolocaram-no na sela. O quarto combatente tomou-o pela perna esquerda e fê-lo cair do outro lado. Conduziram-no sob vaias à sua lójia, onde deveria passar a noite, segundo a lei; e ele foi dizendo, mal conseguindo andar: "Que aventura para um homem como eu!"

Os outros cavaleiros desempenharam melhor seu papel. Houve quem vencesse dois combatentes seguidos; alguns chegaram a três. Apenas o príncipe Otame venceu quatro. Finalmente chegou a vez de Zadig; este desmontou quatro cavaleiros seguidos com a mais extrema graça. Otame e Zadig tiveram pois que enfrentar-se. O primeiro trazia armas azuis e ouro e penacho da mesma cor; as de Zadig eram brancas. Todos os votos se repartiam entre o cavaleiro azul e o cavaleiro branco. A rainha, cujo coração palpitava, rogava aos céus pela cor branca.

Os dois campeões fizeram investidas e volteios com tanta agilidade, trocaram tão belos golpes de lança, mantinham-se tão firmes em suas selas, que todos, exceto a rainha, desejavam que houvesse dois reis em Babilônia. Finalmente, esgotados os cavalos e rotas as lanças, Zadig lança mão de um ardil: passa por trás do príncipe azul, arroja-se sobre o lombo de seu cavalo, agarra-o pela cintura, lança-o por terra, toma seu lugar na sela e se põe a caracolear em volta de Otame estendido no chão. Todo o anfiteatro clama: "Vitória ao cavaleiro branco!" Otame, indignado, ergue-se, saca a espada; Zadig salta do cavalo, sabre em punho. Ei-los na arena, travando um novo combate em que força e agilidade prevalecem cada qual a sua vez. As plumas de seus elmos, os cravos de suas braçadeiras, as malhas de suas armaduras voam longe sob mil golpes precipitados. Golpeiam com a ponta e o fio das armas, à direita e à esquerda, na cabeça, no peito; recuam, avançam, medem-se, afrontam-se, agarram-se, contorcem-se como serpentes, atacam-se como leões; faíscas chispam a todo momento dos golpes desferidos. Finalmente Zadig, recuperando por um momento o sangue-frio, pára, faz uma finta, avança sobre Otame, derruba-o, desarma-o, e Otame exclama: "Ó cavaleiro branco! Sois vós quem deveis reinar em Babilônia." A rainha estava no auge da alegria. Reconduziram o cavaleiro azul e o cavaleiro branco cada qual à sua lójia, assim como a todos os outros, segundo o que estabelecia a lei. Mudos vieram servi-los e trazer-lhes alimentos. Nem precisamos dizer que foi o pequeno mudo da rainha que serviu Zadig. Em seguida deixaram-nos dormir sozinhos até o dia seguinte de manhã, quando o vencedor devia levar sua divisa ao grande mago, para confrontá-la e fazer-se conhecer.

Zadig dormiu, apesar de apaixonado, tanto estava cansado. Itobad, instalado na lójia vizinha, não dormiu. Levantou-se durante a noite, entrou na lójia de Zadig, pegou as armas brancas e a divisa e colocou a armadura verde em seu lugar. Mal raiou o dia foi altivamente até o grande mago declarar que um homem como ele era o vencedor. Todos ficaram espantados, mas ele foi proclamado, enquanto Zadig ainda dormia. Astarté, surpresa, e com o desespero no coração, voltou a Babilônia. O anfiteatro já estava quase vazio quando Zadig despertou; procurou suas armas, e só encontrou aquela armadura verde. Foi obrigado a cobrir-se com ela, nada mais tendo consigo. Atônito e indignado, veste-a com furor e avança assim paramentado.

Todos os que ainda estavam no anfiteatro e no circo receberam-no com vaias. Rodearam-no, insultaram-no na cara. Jamais homem sofreu mortificações tão humilhantes. A paciência fugiu-lhe; afastou a golpes de sabre o populacho que ousava ultrajá-lo; mas não sabia que partido tomar. Não podia ver a rainha; não podia reclamar a armadura branca que ela lhe enviara: seria comprometê-la; assim, enquanto ela estava mergulhada na dor, ele estava penetrado de furor e de preocupação. Caminhava pelas margens do Eufrates, persuadido de que sua estrela destinava-o a ser infeliz sem remédio, repassando no espírito todas suas desgraças, desde a aventura da mulher que detestava os caolhos até a de sua armadura. "Eis no que deu, dizia, ter-me levantado demasiado tarde; se tivesse dormido menos, seria rei de Babilônia, possuiria Astarté. As ciências, os costumes, a coragem só serviram pois para meu infortúnio." Pôs-se por fim a clamar contra a Providência, e ficou tentado a crer que tudo era governado por um destino cruel que oprimia os bons e fazia prosperar os cavaleiros verdes. Um de seus desgostos era estar metido naquela armadura verde que lhe atraíra tantas vaias. Um mercador passou, vendeu-a por um preço vil e comprou uma túnica e uma touca. Assim paramentado, caminhava ao longo do Eufrates, cheio de desespero e acusando em segredo a Providência, que o perseguia sempre.

O eremita

Durante a caminhada, encontrou um eremita, cuja barba branca e venerável descia-lhe até a cintura. Tinha nas mãos um livro que lia atentamente. Zadig deteve-se e fez-lhe uma profunda reverência. O eremita saudou-o com um ar tão nobre e tão afetuoso que Zadig teve a curiosidade de conversar com ele. Perguntou que livro estava lendo. "É o livro dos destinos, disse o eremita; quereis ler alguma coisa?" Colocou o livro nas mãos de Zadig que, apesar de conhecer várias línguas, não pôde decifrar uma única letra do livro. Isso lhe redobrou a curiosidade. "Pareceis bem desgostoso, disse-lhe o bom pai. – Ai de mim! Tenho bons motivos! – disse Zadig. – Se me permitirdes acompanhar-vos, replicou o ancião, talvez eu vos possa ser útil; derramei por vezes sentimentos de consolo na alma dos infelizes." Zadig sentiu enorme respeito pelo ar, pela barba, e pelo livro do eremita. Achou em sua conversação luzes superiores. O eremita falava do destino, da justiça, da moral, do soberano bem, da fraqueza humana, das virtudes e dos vícios com uma eloqüência tão viva e tão tocante que Zadig sentiu-se atraído para ele por um encanto invencível. Rogou-lhe instantemente que não o deixasse até retornarem a Babilônia. "Peço-vos eu próprio esta graça, disse-lhe o ancião; jurai-me por Orosmade que não vos separareis de mim durante alguns dias, não importa o que eu faça." Zadig jurou, e eles partiram juntos.

Os dois viajantes chegaram naquela noite a um esplêndido castelo. O eremita pediu hospitalidade para si e para o rapaz que o acompanhava. O porteiro, que poderia ser tomado por um grande senhor, fê-los entrar com uma espécie de bondade desdenhosa. Foram apresentados a um criado principal, que lhes mostrou os aposentos magníficos do senhor. Foram admitidos à sua mesa na ponta mais afastada, sem que o senhor do castelo os honrasse com um único olhar; mas foram servidos como os outros com delicadeza e profusão. Deram-lhes em seguida com que se lavar numa bacia guarnecida de esmeraldas e rubis. Instalaram-nos num belo aposento, e no dia seguinte de manhã um criado deu a cada um deles uma moeda de ouro, após o quê, despediram-nos.

"O senhor da casa, disse Zadig em caminho, parece-me um homem generoso, embora um pouco orgulhoso; exerce nobremente a hospitalidade." Dizendo essas palavras, percebeu que uma espécie de bolso extremamente amplo que trazia o eremita parecia esticado e inflado: viu a bacia de ouro guarnecida de pedrarias, que ele surrupiara. Não ousou naquele momento nada dizer; mas ficou estranhamente surpreendido.

Por volta do meio-dia, o eremita apresentou-se à porta de uma casa muito pequena, em que morava um rico avarento; pediu hospitalidade por algumas horas. Um velho criado mal vestido recebeu-o rudemente, e introduziu Zadig e o eremita no estábulo, onde lhes deu algumas azeitonas podres, pão duro, e cerveja estragada. O eremita bebeu e comeu com um ar tão contente como na véspera; depois, dirigindo-se ao velho criado que os observava para ver se não roubavam nada, e que os instava a partir, deu-lhe as duas moedas de ouro que recebera de manhã e agradeceu-o por toda sua atenção. "Rogo-vos, acrescentou, que me deixeis falar com vosso senhor." O criado, atônito, introduziu os dois viajantes: "Magnífico senhor, disse o eremita, não posso fazer mais do que vos render muitíssimas graças pela maneira nobre com a qual nos recebestes: dignai-vos aceitar esta bacia de ouro como uma insignificante prova de meu reconhecimento." O avarento quase caiu de costas. O eremita não lhe deu tempo de voltar de seu estupor; partiu o mais rápido possível com seu jovem viajante. "Pai, disse-lhe Zadig, que significa tudo isso? Não pareceis em nada com os outros homens: roubais uma bacia de ouro guarnecida de pedrarias a um senhor que vos recebe magnificamente, e a ofereceis a um avarento que vos trata com indignidade. – Meu filho, respondeu o ancião, este homem magnífico, que só recebe os estranhos por vaidade, e para que admirem suas riquezas, tornar-se-á mais prudente; o avarento aprenderá a exercer a hospitalidade: não vos surpreendeis com nada, e acompanhai-me." Zadig ainda não sabia se estava tratando com o mais louco ou com o mais sábio de todos os homens; mas o eremita falava com tal persuasão que Zadig, comprometido além disso pelo juramento, não pôde deixar de acompanhá-lo.

Chegaram à noite numa casa agradavelmente construída, mas simples, onde nada cheirava nem à prodigalidade nem à avareza. O dono era um filósofo retirado do mundo, que cultivava em paz a sabedoria e a virtude, e que entretanto não se enfadava. Havia-se esmerado em construir aquele refúgio em que recebia os estranhos com uma nobreza que nada tinha de ostentação. Ele mesmo foi ao encontro dos dois viajantes, e os fez primeiramente repousar num aposento cômodo. Algum tempo depois, veio pessoalmente apanhá-los e convidá-los para uma refeição decente durante a qual, naturalmente, falou com discrição das últimas revoluções de Babilônia. Pareceu sinceramente devotado à rainha, e desejou que Zadig tivesse comparecido à liça para disputar a coroa. "Mas os homens, acrescentou, não merecem ter um rei como Zadig." Este corava e sentia redobrar seus desgostos. Convieram, na conversação, em que as coisas deste mundo nem sempre aconteciam segundo o entendimento dos mais sábios. O eremita não cansou de sustentar que não conhecemos os caminhos da Providência, e que os homens erravam ao julgar um todo do qual não conheciam senão a mais ínfima parte.

Falaram das paixões. "Ah! Como são funestas! – dizia Zadig. – São os ventos que inflam as velas do barco, replicou o eremita: submergem-no algumas vezes; mas sem elas ele não poderia vogar. A bílis torna os homens coléricos e doentes; mas sem a bílis ninguém poderia viver. Tudo é perigoso aqui na terra, e tudo é necessário."

Falaram do prazer, que o eremita provou ser um presente da Divindade; "pois, disse ele, o homem não pode conceber nem sensação nem idéias, ele recebe tudo; a dor e o prazer vêm-lhe de fora, como seu próprio ser".

Zadig admirava-se de como um homem que fizera coisas tão extravagantes pudesse raciocinar tão bem. Finalmente, após uma conversa tão instrutiva quanto agradável, o anfitrião tornou a acompanhar os dois viajantes a seus aposentos, bendizendo o Céu que lhe enviara dois homens tão sábios e virtuosos. Ofereceu-lhes dinheiro de uma maneira espontânea e nobre, que não podia desagradar. O eremita recusou, e disse-lhe que queria despedir-se, contando partir para Babilônia antes do raiar do dia. A separação foi afetuosa; Zadig sobretudo sentia-se cheio de estima e de inclinação por um homem tão amável.

Quando o eremita e ele retiraram-se a seus aposentos, elogiaram longamente o anfitrião. O ancião, ao raiar o dia, acordou o companheiro. "Temos que partir, disse; mas enquanto todos ainda dormem quero deixar a este homem um testemunho de minha estima e de minha afeição." Dizendo essas palavras, apanhou um facho e tocou fogo à casa. Zadig, atônito, pôs-se a gritar, e quis impedi-lo de cometer uma ação tão medonha. O eremita arrastava-o com uma força superior; a casa estava em chamas. O eremita, que já estava bastante longe com seu companheiro, olhava-a arder tranqüilamente. "Com a graça de Deus!, exclamou, eis a casa de meu anfitrião destruída de cabo a rabo! Que felizardo!" A essas palavras, Zadig ficou tentado ao mesmo tempo a gargalhar, a dizer injúrias ao reverendo pai, a nele bater e a fugir; mas não fez nada disso, e, sempre subjugado pelo fascínio do eremita, acompanhou-o mesmo sem querer à última pousada.

Foi em casa de uma viúva caridosa e virtuosa que tinha um sobrinho de quatorze anos, cheio de encantos e sua única esperança. Fez o melhor que pôde as honras da casa. No dia seguinte, pediu ao sobrinho que acompanhasse os viajantes até uma ponte que, tendo cedido havia pouco, tornara-se uma passagem perigosa. O rapaz, solícito, põe-se a caminhar na frente deles. Quando chegaram à ponte: "Vinde, disse o eremita ao rapaz, devo mostrar meu reconhecimento à vossa tia." Pega-o então pelos cabelos e joga-o no riacho. O menino cai, emerge por um momento à superfície da água antes de ser engolido pela corrente. "Ó monstro! Ó mais celerado de todos os homens! – exclamou Zadig. – Havíeis prometido mais paciência, disse-lhe o eremita interrompendo-o; saiba que, sob as ruínas dessa casa em que a Providência tocou fogo, o dono encontrou um tesouro imenso; saiba que este rapaz do qual a Providência quebrou o pescoço teria assassinado a tia daqui a um ano, e vós daqui a dois. – Quem te disse, ó bárbaro?, gritou Zadig; e mesmo que houvesses lido esse fato em teu livro dos destinos, ser-te-ia acaso permitido afogar uma criança que não te fez mal algum?"

Enquanto o babilônio falava, percebeu que o ancião não tinha mais barba, que seu rosto adquiria os traços da juventude. Sua roupa de eremita desapareceu; quatro belas asas cobriam um corpo majestoso e resplandecente de luz. "Ó enviado do céu! Ó anjo divino!, exclamou Zadig, prosternando-se. Desceste pois do firmamento para ensinar um pobre mortal a submeter-se às ordens eternas? – Os homens, disse o anjo

Jesrad, tudo julgam sem nada conhecer: eras dentre todos os homens o que mais merecia ser esclarecido." Zadig pediu-lhe a permissão de falar. "Desconfio de mim mesmo, disse ele; mas terei a ousadia de rogar-te esclarecer-me uma dúvida; não teria sido melhor corrigir aquela criança e torná-la virtuosa em vez de afogá-la?" Jesrad replicou: "Se ele se tornasse virtuoso, e se vivesse, seu destino seria o de ser ele próprio assassinado com a mulher que haveria de esposar, e com o filho que nasceria. – Como!, disse Zadig, é então necessário que haja crimes e desgraças? e as desgraças recaem sobre as pessoas de bem! – Os maus, respondeu Jesrad, são sempre infelizes: servem para pôr à prova um pequeno número de justos espalhados sobre a face da terra, e não há mal de que não surja um bem. – Mas, disse Zadig, e se existisse apenas o bem, e nunca o mal? – Então, volveu Jesrad, esta terra seria uma outra terra, o encadeamento dos acontecimentos seria uma outra ordem de sabedoria; e esta outra ordem, que seria perfeita, não pode existir senão na morada eterna do Ser supremo, de quem o mal não se pode aproximar. Ele criou milhões de mundos, nenhum dos quais pode assemelhar-se ao outro. Esta imensa variedade é um atributo de seu poder imenso. Não há nem duas folhas de árvore na terra, nem dois globos nos campos infinitos do céu, que sejam semelhantes, e tudo que vês no pequeno átomo em que nasceste devia estar em seu lugar e em seu tempo determinados, segundo as ordens imutáveis daquele que tudo abarca. Os homens pensam que essa criança que acabou de perecer caiu na água por acaso, que foi pelo mesmo acaso que aquela casa pegou fogo; mas não existe acaso: tudo é prova, ou punição, ou recompensa, ou previdência. Lembra-te daquele pescador que se acreditava o mais infeliz de todos os homens. Orosmade te enviou para mudar-lhe o destino. Fraco mortal! Cessa de combater aquilo que se deve adorar. – Mas, disse Zadig..." Enquanto estava dizendo *mas*, o anjo já alçava vôo para a décima esfera. Zadig, de joelhos, adorou a Providência, e submeteu-se. O anjo gritou-lhe do alto do firmamento: "Segue teu caminho para Babilônia."

Os enigmas

Zadig, fora de si e como um homem perto do qual houvesse caído um raio, caminhava ao acaso. Entrou em Babilônia no dia em que aqueles que haviam combatido na liça já estavam reunidos no grande vestíbulo do palácio para explicar os enigmas e responder às perguntas do grande mago. Todos os cavaleiros tinham chegado, exceto a armadura verde. Assim que Zadig apareceu na cidade, o povo aglomerou-se ao seu redor; os olhos não se cansavam de vê-lo, as bocas de abençoá-lo, os corações de desejar-lhe o império. O invejoso viu-o passar, estremeceu e desviou-se; o povo levou-o até o local da assembléia. A rainha, a quem comunicaram sua chegada, ficou dominada pela agitação do medo e da esperança; a inquietação a devorava: não podia entender nem por que Zadig estava sem armas, nem como Itobad exibia a armadura branca. Um murmúrio confuso elevou-se à vista de Zadig. Todos estavam surpresos e encantados em revê-lo; mas não era permitido senão aos cavaleiros que haviam combatido comparecer à assembléia.

"Combati como todos os outros, disse ele; mas um outro exibe aqui minhas armas; e, esperando que eu tenha a honra de prová-lo, peço a permissão de me apresentar para explicar os enigmas." Procederam aos votos: sua reputação de probidade estava ainda tão fortemente impressa nos espíritos que não hesitaram em admiti-lo.

O grande mago propôs primeiramente esta pergunta: "Qual é dentre todas as coisas do mundo a mais longa e a mais curta, a mais veloz e a mais lenta, a mais divisível e a mais extensa, a mais negligenciada e a mais lamentada, sem a qual nada se pode fazer, que devora tudo o que é pequeno e que vivifica tudo o que é grande?"

Cabia a Itobad falar. Respondeu que um homem como ele nada entendia de enigmas, e que lhe bastava ter vencido a grandes golpes de lança. Alguns disseram que a solução do enigma era a fortuna, outros a terra, outros a luz. Zadig disse que era o tempo: "Nada é mais longo, acrescentou, pois que é a medida da eternidade; nada é mais curto, pois que falta a todos nossos projetos; nada é mais lento para quem espera; nada mais rápido para aquele que goza; estende-se até o infinito em grandeza; divide-se até o infinito em pequenez; todos os homens o negligenciam, todos lamentam-lhe a perda; nada se faz sem ele; faz esquecer tudo o que é indigno da posteridade e imortaliza as grandes coisas." A assembléia concordou que Zadig tinha razão.

Perguntaram em seguida: "Qual é a coisa que recebemos sem agradecer, da qual se goza sem se saber como, que damos aos outros quando não sabemos onde estamos, e que perdemos sem nos aperceber?"

Cada um propôs uma solução: Zadig foi o único a adivinhar que era a vida. Explicou todos os outros enigmas com a mesma facilidade. Itobad sempre dizia que nada era mais fácil, e que teria descoberto de modo igualmente fácil se tivesse se dado ao trabalho. Propuseram questões sobre a justiça, sobre o soberano bem, sobre a arte de reinar. As respostas de Zadig foram julgadas as mais sólidas. "É realmente uma pena, diziam, que um tão bom espírito seja um tão mau cavaleiro.

– Ilustres senhores, disse Zadig, tive a honra de vencer na liça. A mim pertence a armadura branca. O senhor Itobad dela apoderou-se durante meu sono: julgou aparentemente que lhe assentaria melhor que a verde. Estou pronto a provar-lhe imediatamente diante de vós, com minha camisola e minha espada, contra toda esta bela armadura branca que ele tomou de mim, que fui eu que tive a honra de vencer o bravo Otame."

Itobad aceitou o desafio com a maior confiança. Não tinha dúvidas de que estando equipado com elmo, couraça, braçadeiras, daria facilmente cabo de um campeão em touca de dormir e camisola. Zadig sacou a espada, saudando a rainha, que o olhava tomada de alegria e temor. Itobad sacou a sua, sem saudar ninguém. Avançou contra Zadig como um homem que nada tem a temer. Estava disposto a partir-lhe a cabeça: Zadig soube aparar o golpe, opondo o chamado forte da espada ao fraco de seu adversário, de modo que a espada de Itobad se quebrou. Então Zadig, pegando o inimigo pelo corpo, jogou-o ao chão; e dirigindo a ponta da espada a um interstício da couraça: "Deixai-vos desarmar, disse, ou eu vos mato." Itobad, que continuava surpreso com as desgraças que sucediam a um homem como ele, deixou Zadig agir; este lhe tirou calmamente o magnífico elmo, a soberba couraça, as belas braçadeiras, as brilhantes escarcelas, vestiu-os, e correu assim paramentado lançar-se aos joelhos de Astarté. Cador provou facilmente que a armadura pertencia a Zadig. Este foi reconhecido rei por consentimento unânime e sobretudo pelo de Astarté, que gozava, depois de tantas adversidades, da doçura de ver seu amado digno aos olhos do universo de se tornar seu esposo. Itobad foi fazer-se chamar grande senhor em sua casa. Zadig foi rei, e foi feliz. Tinha presente ao espírito o que lhe dissera o anjo Jesrad. Lembrava-se mesmo do grão de areia tornado diamante. A rainha e ele adoraram a Providência. Zadig deixou a bela caprichosa Missuf correr mundo. Mandou buscar o bandido Arbogad, ao qual deu uma patente honrosa em seu exército, com a promessa de alçá-lo às primeiras dignidades se agisse como um verdadeiro guerreiro, e de mandá-lo enforcar se exercesse o ofício de bandido.

Setoc foi chamado dos confins da Arábia, com a bela Almona, para se pôr à frente do comércio de Babilônia. Cador foi empossado e amado de acordo com seus serviços; tornou-se o amigo do rei, e o rei tornou-se então o único monarca da terra a ter um amigo. O pequeno mudo não foi esquecido. Deram uma bela casa ao pescador. Orcan foi condenado a pagar-lhe uma grande soma, e a devolver-lhe a mulher; mas o pescador, que se tornara prudente, só aceitou o dinheiro.

Nem a bela Semira conseguia consolar-se por ter acreditado que Zadig ficaria caolho, nem Azora cessava de chorar por ter querido cortar-lhe o nariz. Ele abrandou-lhes a dor com presentes. O invejoso morreu de raiva e de vergonha. O império gozou de paz, glória e abundância; foi o mais belo século da terra: ela era governada pela justiça e pelo amor. Todos abençoavam Zadig, e Zadig abençoava o céu.

APÊNDICES

Apêndice[1] *1*

A dança

Setoc tinha que ir, para as lides de seu comércio, à ilha de Serendib; mas o primeiro mês de seu casamento que é, como sabemos, a lua-de-mel, não lhe permitia deixar a mulher, nem acreditar que jamais pudesse deixá-la: pediu ao amigo Zadig para fazer em seu lugar a viagem. "Ai de mim!, dizia Zadig, devo colocar um espaço ainda maior entre a bela Astarté e eu? Mas devo servir meus benfeitores." Assim disse, chorou e partiu.

Não passou muito tempo na ilha de Serendib sem ser considerado um homem extraordinário. Tornou-se o árbitro de todas as querelas entre os negociantes, o amigo dos sábios, o conselheiro do pequeno número de pessoas que buscam conselho. O rei quis vê-lo e

1. Apresentamos neste apêndice dois capítulos póstumos que foram publicados pela primeira vez na edição de Kehl, na qual foram inseridos entre os capítulos Os encontros (p. 49) e O bandido (p. 53). Os editores de Kehl haviam suprimido os dois parágrafos finais de nosso capítulo Os encontros (a partir de *Zadig partiu após ter-se lançado aos pés de sua bela libertadora* [...]. (Nota da edição francesa)

ouvi-lo. Percebeu logo todo o valor de Zadig; confiou em sua sabedoria, e tornou-o seu amigo. A familiaridade e a estima do rei fizeram tremer Zadig. Estava dia e noite consciente da desgraça que lhe haviam atraído as bondades de Moabdar. "Agrado ao rei, dizia, acaso não estarei perdido?" Entretanto não podia furtar-se às gentilezas de Sua Majestade: pois temos que dizer que Nabussan, rei de Serendib, filho de Nussanab, filho de Nabassun, filho de Sanbusna, era um dos melhores príncipes da Ásia; e que, quando se falava com ele, era difícil não amá-lo.

Esse bom príncipe era sempre louvado, enganado e roubado: disputavam a ver quem lhe pilharia os tesouros. O recebedor geral da ilha de Serendib dava sempre o exemplo, fielmente seguido pelos outros. O rei sabia disso; mudara de tesoureiro várias vezes; mas não pudera mudar o hábito estabelecido de dividir as rendas do rei em duas metades desiguais, cuja menor sempre cabia à Sua Majestade e a maior aos administradores.

O rei Nabussan confiou seu pesar ao sábio Zadig. "Vós, que sabeis tantas belas coisas, disse-lhe, não saberíeis como encontrar um tesoureiro que não roubasse? – Decerto, respondeu Zadig, conheço um modo infalível de conseguir-vos um homem que tenha as mãos limpas." O rei, encantado, perguntou-lhe, abraçando-o, como deveria proceder. "Basta, disse Zadig, pôr a dançar todos aqueles que se apresentarem para a dignidade de tesoureiro; aquele que dançar com mais leveza será infalivelmente o homem mais honesto. – Estais zombando, disse o rei; estranha maneira de escolher um recebedor de minhas finanças! Quê, pretendeis que aquele que fizer melhor um *entrechat* será o financista mais íntegro e mais hábil! – Não vos afirmo que será o mais hábil, replicou Zadig; mas asseguro que será indubitavelmente o mais honesto." Zadig falava com tanta confiança que o rei pensou que tivesse algum segredo sobrenatural para conhecer os financistas. "Não gosto do sobrenatural, disse Zadig, as pessoas e os livros de prodígios sempre me desagradaram: se Vossa Majestade permitir-me fazer a prova que vos estou propondo, ficará perfeitamente convencido de que meu segredo é a coisa mais simples e mais fácil do mundo." Nabussan, rei de Serendib, ficou ainda mais surpreso ao ouvir que esse segredo era simples do que se o houvessem proposto como um milagre: "Pois bem, disse ele, fazei como achardes melhor. – Deixai tudo a meu encargo, ganhareis com esta prova mais do que podeis imaginar." No mesmo dia fez publicar, em nome do rei, que todos os pretendentes ao cargo de recebedor-mor dos dinheiros de Sua Graciosa Majestade Nabussan, filho de Nussanab, deveriam comparecer, em trajes de seda leve, no primeiro dia da lua do crocodilo, na antecâmara do rei. Ali compareceram em número de sessenta e quatro. Haviam reunido violinistas num salão vizinho; tudo estava preparado para o baile; mas a porta deste salão estava fechada e era preciso, para entrar, passar por uma pequena galeria bastante escura. Um meirinho vinha buscar e introduzir cada candidato, um após o outro, nessa passagem na qual o deixava sozinho alguns minutos. O rei, ciente da artimanha, espalhara todos seus tesouros nessa galeria. Quando todos os pretendentes chegaram ao salão, Sua Majestade ordenou que dançassem. Jamais se dançou mais pesadamente e com menos graça; todos tinham a cabeça baixa, as costas curvadas, as mãos coladas ao corpo. "Que velhacos!", dizia Zadig baixinho. Um único dentre eles dava os passos com agilidade, com a cabeça erguida, o olhar seguro, os braços estendidos, o corpo reto, o jarrete firme. "Ah! que homem honesto! que homem valoroso!", dizia Zadig. O rei abraçou aquele bom dançarino, declarou-o tesoureiro, e todos os outros foram punidos e taxados com a maior justiça do mundo: pois cada um, no tempo em que ficara na galeria, enchera os bolsos e mal podia caminhar. O rei ficou consternado com a natureza humana pelo fato de haver entre aqueles sessenta e quatro homens sessenta e três larápios. A galeria escura ficou sendo chamada de *o corredor da tentação*. Na Pérsia teriam empalado esses sessenta e três senhores; em outros países instaurariam uma câmara de justiça que consumiria o triplo do dinheiro roubado e que nada devolveria aos cofres do soberano; num outro reino, eles se justificariam plenamente e desgraçariam aquele dançarino leve: em Serendib só foram condenados a aumentar o tesouro público, pois Nabussan era extremamente indulgente.

Era também extremamente reconhecido; deu a Zadig uma soma de dinheiro mais considerável do que jamais tesoureiro algum roubara de seu senhor. Zadig usou-o para enviar correios a Babilônia, que deviam informá-lo do destino de Astarté. Sua voz tremeu ao dar essa ordem, seu sangue refluiu para o coração, seus olhos se cobriram de trevas, sua alma ficou prestes a abandoná-lo. O correio partiu, Zadig viu-o embarcar; entrou nos aposentos do rei não enxergando ninguém, acreditando estar em seu quarto, e pronunciando o nome amor. "Ah! o amor, disse o rei; é precisamente de que se trata; adivinhastes a origem de meu pesar. Sois realmente um grande homem! Ensinar-me-eis, espero, a conhecer uma mulher a toda prova, assim como me fizestes encontrar um tesoureiro desinteressado." Zadig, voltando a si, prometeu servi-lo no amor e na finança, embora a coisa parecesse ainda mais difícil.

Os olhos azuis

"O corpo e o coração...", disse o rei a Zadig. A essas palavras, o babilônio não pôde evitar interromper Sua Majestade. "Como vos sou grato, disse, por não terdes dito *o espírito e o coração*! Pois não se ouvem senão essas palavras nas conversas de Babilônia; não se vêem senão livros que tratam do coração e do espírito, compostos por pessoas que não têm nem um nem outro; mas, rogo-vos, sire, continuai." Nabussan continuou assim: "O corpo e o coração foram em mim destinados a amar; a primeira dessas duas potências tem todas as ocasiões para satisfazer-se. Tenho aqui cem mulheres a meu serviço, todas belas, complacentes, solícitas, voluptuosas mesmo ou fingindo sê-lo comigo. Meu coração já não é tão feliz assim. Já senti vezes mais que bastantes que muito acariciam o rei de Serendib, e que bem pouco se importam com Nabussan. Não que julgue infiéis minhas mulheres; mas gostaria de encontrar uma alma que me pertencesse; daria por semelhante tesouro as cem belezas cujos encantos possuo: vede se, entre essas cem sultanas, podeis encontrar uma pela qual eu possa estar certo de ser amado."

Zadig respondeu-lhe como o fizera no caso dos financistas: "Sire, deixai tudo a meu encargo; mas permiti primeiro que eu disponha do que expusestes na galeria da tentação; dar-vos-ei conta de tudo e nada perdereis." O rei concedeu-lhe autoridade de senhor absoluto. Ele escolheu em Serendib trinta e três dos mais vis corcundas que pôde encontrar, trinta e três dos mais belos pajens, e trinta e três dos mais eloqüentes e robustos bonzes. Deu a todos a liberdade de entrar nas celas das sultanas; cada corcunda tinha quatro mil moedas de ouro para dar; e já no primeiro dia todos os corcundas foram felizes. Os pajens, que não tinham mais que a si próprios para oferecer, só triunfaram ao cabo de dois ou três dias. Os bonzes tiveram um pouco mais de dificuldade; mas finalmente trinta e três devotas renderam-se a eles. O rei, por gelosias que davam para todas as celas, assistiu a todas essas provas, e ficou maravilhado. De suas cem mulheres, noventa e nove sucumbiram diante de seus olhos. Só restava uma única extremamente jovem, extremamente inocente, de quem Sua Majestade jamais se aproximara. Enviaram-lhe um, dois, três corcundas, que lhe ofereceram até vinte mil moedas; manteve-se incorruptível, e não pôde deixar de rir da idéia que tinham aqueles corcundas, que pensavam que o dinheiro os tornaria mais bem feitos. Apresentaram-lhe os dois mais belos pajens; ela disse que achava o rei ainda mais belo. Largaram-lhe o mais eloqüente dos bonzes, e em seguida o mais intrépido; achou o primeiro um tagarela, e não se dignou nem mesmo a julgar o mérito do segundo. "O coração é tudo, dizia; jamais cederei nem ao ouro de um corcunda, nem às graças de um mancebo, nem às seduções de um bonze: amarei unicamente Nabussan, filho de Nussanab, e esperarei que ele se digne amar-me." O rei ficou transportado de alegria, de espanto e de ternura. Recuperou todo o dinheiro que fizera triunfar os corcundas e presenteou-o à bela Falide: era o nome daquela jovem pessoa. Deu-lhe seu coração: ela bem o merecia. Jamais a flor da juventude foi tão brilhante; jamais os encantos da beleza foram tão sedutores. A verdade histórica não nos permite calar que ela fazia mal a reverência; mas dançava como as fadas, cantava como as sereias e falava como as Graças: era cheia de talentos e de virtudes.

Nabussan, amado, adorou-a; mas ela tinha os olhos azuis, o que se tornou a fonte das maiores desgraças. Havia uma antiga lei que proibia aos reis amar as mulheres a quem os gregos chamaram desde então *boópies*. O chefe dos bonzes estabelecera essa lei havia mais de cinco mil anos; para apossar-se da amante do primeiro rei da ilha de Serendib esse primeiro bonze inscrevera o anátema dos olhos azuis na constituição fundamental do Estado. Todas as ordens do império vieram admoestar Nabussan. Dizia-se publicamente que os últimos dias do império haviam chegado, que a abominação atingia o ápice, que toda a natureza estava ameaçada por um acontecimento sinistro; que, numa palavra, Nabussan, filho de Nussanab, amava dois grandes olhos azuis. Os corcundas, os financistas, os bonzes e as morenas encheram o reino com seus lamentos.

Os povos selvagens que habitavam o norte de Serendib aproveitaram o descontentamento geral. Irromperam nos Estados do bom Nabussan. Este pediu subsídios a seus súditos; os bonzes, que possuíam a metade da renda do Estado, limitaram-se a erguer as mãos ao céu, e recusaram-se a metê-las no cofre para ajudar o rei. Fizeram belas preces musicadas, e deixaram o Estado à mercê dos bárbaros.

"Ó meu caro Zadig, podereis me tirar de mais esse horrível embaraço?, exclamou Nabussan aflito. – Com todo prazer, respondeu Zadig; tereis dos bonzes quanto dinheiro quiserdes. Deixai desamparadas as terras em que se encontram os castelos deles, e defendei apenas os vossos." Nabussan assim fez: os bonzes vieram lançar-se aos pés do rei e implorar sua assistência. O rei respondeu-lhes com uma bela música cuja letra lançava aos céus preces pela conservação das terras deles. Os bonzes finalmente deram o dinheiro e o rei terminou de modo feliz a guerra. Assim Zadig, pelos conselhos sábios e felizes, e pelos maiores serviços, atraíra sobre si a irreconciliável inimizade dos homens mais poderosos do Estado; os bonzes e as morenas juraram perdê-lo; os financistas e os corcundas não o pouparam; fizeram com que o bom Nabussan desconfiasse dele. Os serviços prestados ficam sempre na antecâmara, e as desconfianças entram no gabinete, segundo a sentença de Zoroastro: eram todos os dias novas acusações; a primeira é rechaçada, a segunda toca ligeiramente, a terceira fere, a quarta mata.

Zadig, intimidado, já tendo resolvido os negócios do amigo Setoc, e lhe salvado o dinheiro, não pensava senão em deixar a ilha, e resolveu ir em pessoa buscar notícias de Astarté. "Pois, dizia, se continuo em Serendib os bonzes me farão empalar; mas para onde ir? serei escravo no Egito, queimado ao que tudo indica na Arábia, estrangulado em Babilônia. Contudo tenho que saber o que aconteceu a Astarté: partamos, e vejamos o que me reserva meu triste destino."

Apêndice 2

Nota sobre "O mundo como está"

Este conto é um dos que Voltaire lia para a duquesa de Maine e para a sua sociedade durante o outono de 1747. Publicou-o pela primeira vez em 1748, numa edição de suas *Obras* por Walther de Dresden, com o título *O mundo como está.* No ano seguinte, a reedição parisiense pelo livreiro Lambert traz o título *Babuc, ou O mundo como está.* O título definitivo data de 1764: *O mundo como está. Visão de Babuc, escrita por ele mesmo.* Este acréscimo é um pouco enigmático. No texto, que não sofreu alteração alguma, não há nenhuma alusão a uma "visão". Nada leva a crer que a visita inicial de Ituriel ou a conclusão final de Babuc sejam fruto da alucinação. O título de 1764 sugeriria a intenção de modificar o modo de exposição do conto, intenção que Voltaire abandonaria depois?

Poucos contos são tão "realistas" quanto este. Mesmo a roupagem oriental referia-se a uma atualidade recente. Em 1745 toda a corte se fantasiara à turca, no baile de máscaras dado por ocasião do casamento do Delfim com a infanta Maria Tereza de Espanha. O gravador Cochin, filho, imprimiu para a posteridade a imagem de uma França vestida de turbante e calças à otomana.

As roupagens do *Mundo como está* não são menos factícias. Logo se esquece que é em Persépolis que Babuc está fazendo sua investigação. Voltaire, neste conto, escreve suas "Cenas da vida parisiense". Reconhece-se, logo no início, "a antiga entrada" da "cidade imensa": o *faubourg* Saint-Marceau, populoso e sórdido. Sucessivamente são evocadas as diferentes esferas da capital. No Parlamento, por culpa da venalidade dos cargos, jovenzinhos obtêm o poder de julgar. A Igreja enfrenta a agitação jansenista: os convulsionários não se contentam em anunciar o retorno de "Zerdust", ou seja, de Elias, sinal do final dos tempos; entregam-se, em suas casas, depois do fechamento do cemitério de Saint-Médard, a práticas psicopáticas nas quais envolvem perversamente meninas da mais tenra idade. As finanças estão nas mãos dos "quarenta reis plebeus", os recebedores gerais que, recolhendo os impostos, consentem em conceder "alguma coisa ao monarca". Os ministros, assediados pelos solicitadores, enclausuram-se inacessíveis em sua onipotência; mas sucumbem ao peso de suas obrigações, em razão desta mesma onipotência. O comércio de luxo pratica preços escandalosamente altos. As mulheres mundanas vivem numa tranqüila imoralidade. Como pano de fundo, a guerra: a da sucessão na Áustria, da qual Voltaire, na qualidade de historiógrafo, está escrevendo a história. Descobre, como Babuc, o avesso da coisa militar: o horror dos campos de batalha, a ignomínia dos hospitais, a indiferença das tropas mercenárias, e, do lado do comando, a ignorância ou a incerteza quanto aos objetivos de guerra, as querelas entre generais, a imperícia que envolve o exército em operações inúteis e mal conduzidas (como a batalha de Dettingen).

Mas Voltaire-Babuc não se contenta em investigar. Tem a missão de julgar. Deve-se aniquilar "Persépolis" como uma Gomorra moderna? O filósofo tem o hábito de observar "os prós e os contras" (título de uma obra de Voltaire). Percebe que a guerra, essa carnificina, é também a escola do heroísmo; que a Igreja conta em suas fileiras com "magos" virtuosos; que financistas vorazes socorreram o Estado quando se fez necessário (Voltaire está pensando em Pâris-Duverney). Entre as mulheres mundanas, Babuc encontra senhoras de espírito esclarecido, com virtudes de "homem honrado", como Teone (em quem se pode reconhecer a senhora Châtelet). O teatro parece-lhe ensinar, numa linguagem "medida, harmoniosa e sublime", "o dever dos reis, o amor da virtude, os perigos das paixões". Nas ceias após o espetáculo, saboreia os prazeres da mesa e de uma conversa animada.

Assim Babuc se forma. O cita é conquistado pelas seduções da "capital infame". Torna-se parisiense. Evolução que faz sentir, numa narração desprovida de qualquer referência cronológica, uma duração romanesca.

René Pomeau

O mundo como está

Visão de Babuc

Escrita por ele mesmo

Entre os gênios que presidem os impérios do mundo, Ituriel ocupa um dos primeiros lugares, sendo o responsável pelo ministério da Alta Ásia. Certa manhã, desceu à casa do cita Babuc às margens do Oxus e disse-lhe: "Babuc, as loucuras e os excessos dos persas excitaram nossa cólera: reuniu-se ontem uma assembléia dos gênios da Alta Ásia para decidir se castigaríamos Persépolis ou se a destruiríamos. Vai a esta cidade, examina tudo; quando voltares, farás um relato fiel, e eu me determinarei, com base em tua narração, a corrigir a cidade ou a exterminá-la. – Mas, senhor, disse humildemente Babuc, nunca estive na Pérsia; não conheço ninguém por lá. – Tanto melhor, disse o anjo, não serás parcial; recebeste do céu o discernimento, dar-te-ei também o dom de inspirar confiança; anda, olha, escuta, observa, e nada temas; serás bem recebido em toda parte."

Babuc montou no camelo e partiu com seus criados. Passados alguns dias, encontrou junto às planícies do Sennaar o exército persa que ia combater o exército indiano. Dirigiu-se primeiro a um soldado que encontrou afastado da tropa. Falou com ele, e perguntou-lhe a razão da guerra. "Por todos os deuses, disse o soldado, não sei. Não é problema meu: meu ofício consiste em matar e ser morto para ganhar a vida; não interessa a quem sirvo. Poderia amanhã mesmo passar para o acampamento dos indianos: pois dizem que pagam por dia a seus soldados quase meia dracma de cobre a mais do que ganhamos neste maldito serviço da Pérsia. Se quereis saber por que nos batemos, falai com o capitão."

Depois de dar um pequeno presente ao soldado, Babuc entrou no acampamento. Logo entrou em contato com o capitão e perguntou-lhe a razão da guerra. "Como quereis que eu saiba?, disse o capitão, e que me interessa essa bela razão? Moro a duzentas léguas de Persépolis; ouço dizer que a guerra foi declarada; abandono imediatamente minha família e vou procurar, segundo nosso costume, a fortuna ou a morte, já que nada tenho a fazer. – Mas vossos camaradas, diz Babuc, não estarão um pouco mais informados que vós? – Não, disse o oficial; apenas nossos principais sátrapas sabem ao certo por que nos matamos."

Babuc, espantado, apresentou-se aos generais; tornou-se íntimo deles. Um deles finalmente lhe disse: "A razão desta guerra, que há vinte anos vem assolando a Ásia, provém originariamente de uma querela entre um eunuco de uma das mulheres do grande rei da Pérsia e um ajudante da administração do grande rei das Índias. Tratava-se de um direito que montava aproximadamente à trigésima parte de um darico. O primeiro-ministro das Índias e o nosso defenderam dignamente os direitos de seus senhores. A querela foi-se inflamando. Ambas as partes puseram em campo um exército de um milhão de soldados. É preciso recrutar todos os anos, para esses exércitos, mais de quatrocentos mil homens. Os assassínios, os incêndios, as ruínas, as devastações se multiplicam; o universo sofre, e o encarniçamento continua. Nosso primeiro-ministro e o das Índias protestam repetidas vezes que só agem em prol da felicidade do gênero humano; e após cada um desses protestos há sempre uma cidade destruída e algumas províncias devastadas."

No dia seguinte, devido a um boato que começou a correr de que a paz seria concluída, o general persa e o general indiano apressaram-se em iniciar uma batalha; esta foi sangrenta. Babuc viu todos os erros e todas as abominações; foi testemunha das manobras dos principais sátrapas, que fizeram todo o possível para que seu chefe fosse derrotado. Viu oficiais mortos por suas próprias tropas; viu soldados que acabavam de matar os camaradas agonizantes para arrancar-lhes alguns farrapos ensangüentados, rasgados e cobertos de lama. Entrou nos hospitais para onde levavam os feridos, a maioria dos quais expirava pela negligência desumana daqueles mesmos que o rei persa pagava regiamente para socorrê-los. "Acaso são homens, exclamou Babuc, ou bestas ferozes? Ah! Persépolis será certamente destruída."

Entretido com esse pensamento, passou ao acampamento dos indianos: foi ali tão bem recebido quanto no dos persas, conforme o que lhe fora predito; mas viu exatamente os mesmos excessos que o haviam paralisado de horror. "Oh, oh!, disse consigo, se o anjo Ituriel quer exterminar os persas, também o anjo das Índias deve destruir os indianos." Depois, tendo-se informado mais detalhadamente sobre o que acontecera num exército e noutro, inteirou-se das ações de generosidade, de grandeza de alma, de humanidade, que o espantaram e comoveram. "Inexplicáveis humanos, exclamou então, como podeis reunir tanta baixeza e tanta grandeza, tantas virtudes e tantos crimes?"

Entrementes a paz foi declarada. Os chefes dos dois exércitos, nenhum dos quais conquistara a vitória, mas que, em seu próprio e único interesse, haviam derramado o sangue de tantos homens, seus semelhantes, correram maquinar recompensas em suas cortes. Celebrou-se a paz em éditos públicos que anunciavam nada menos que o retorno da virtude e da felicidade sobre a terra. "Deus seja louvado!, disse Babuc; Persépolis será o refúgio da inocência esclarecida; não será destruída como queriam aqueles malignos gênios: corramos sem tardar a esta capital da Ásia."

Chegou àquela cidade imensa pela antiga entrada, que era inteiramente bárbara, e cuja rudez abjeta ofendia os olhos. Toda esta parte da cidade ressentia-se da época em que fora construída: pois, apesar da obstinação dos homens em louvar o antigo em detrimento do moderno, é preciso dizer que em todos os gêneros as primeiras tentativas são sempre grosseiras.

Babuc misturou-se a uma multidão de povo composta de tudo que havia de mais sujo e mais feio em ambos os sexos. Esta multidão se precipitava com um ar estúpido num recinto vasto e sombrio. Pelo burburinho contínuo, pelo movimento que ali notou, pelo dinheiro que algumas pessoas davam a outras para ter o direito de sentar-se, julgou estar num mercado em que se vendiam cadeiras de palha; mas logo, vendo que várias mulheres se punham de joelhos, fingindo olhar fixamente para a frente e olhando os homens de soslaio, percebeu que estava num templo. Vozes ásperas, roucas, selvagens, discordantes, faziam com que a abóbada ressoasse de sons mal articulados que produziam o mesmo efeito que as vozes dos onagros quando respondem, nas planícies dos Pictávios, ao berrante que os chama. Ele tapava as orelhas; mas esteve prestes a tapar também os olhos e o nariz quando viu entrar no templo operários com picaretas e pás. Deslocaram uma grande pedra e lançaram à esquerda e à direita uma terra que exalava um odor pestilento; em seguida depositaram um morto naquela abertura e recolocaram a pedra por cima.

"Quê!, exclamou Babuc, estes povos enterram seus mortos no mesmo lugar em que adoram a Divindade! Quê! seus templos são calçados de cadáveres! Não é de espantar que Persépolis seja freqüentemente assolada por doenças pestilentas. A podridão dos mortos e a de tantos vivos reunidos e apertados no mesmo lugar é capaz de envenenar o globo terrestre. Ah! que horrível cidade, esta Persépolis! Provavelmente os anjos querem destruí-la para construir outra mais bela, e para povoá-la com habitantes menos sujos e que cantem melhor. A Providência deve ter suas razões; deixemo-la agir."

Entrementes, o sol aproximava-se do ponto mais alto de sua trajetória. Babuc devia ir jantar do outro lado da cidade, em casa de uma dama para a qual o marido, oficial do exército, enviara cartas. Deu primeiro várias voltas por Persépolis; viu outros templos, mais bem construídos e mais bem decorados, cheios de um povo educado e ressoando uma música harmoniosa; notou fontes públicas, as quais, apesar de mal situadas, impressionavam os olhos pela beleza; praças em que pareciam respirar em bronze os melhores reis que haviam governado a Pérsia; outras praças em que ouvia o povo exclamar: "Quando veremos aqui o senhor que veneramos?" Admirou as magníficas pontes erigidas sobre o rio, os soberbos e cômodos cais, os palácios construídos à direita e à esquerda, uma casa imensa onde milhares de velhos soldados feridos e vencedores rendiam todos os dias graças ao Deus dos exércitos. Entrou enfim em casa da dama, que o esperava para jantar em companhia de pessoas distintas. A casa era limpa e decorada, a refeição deliciosa, a dama jovem, bela, espirituosa, sedutora, a companhia digna dela; e Babuc dizia consigo a cada instante: "O anjo Ituriel zomba do mundo querendo destruir uma cidade tão encantadora."

Entrementes, notou que a dama, que começara por pedir-lhe afetuosamente notícias do marido, falava ainda mais afetuosamente, no final do jantar, com um jovem mago. Viu um magistrado que, em presença da mulher, abraçava vivamente uma viúva; e essa viúva indulgente enlaçava com uma mão o pescoço do magistrado, enquanto estendia a outra a um jovem cidadão muito bonito e muito modesto. A mulher do magistrado foi a primeira a levantar-se da mesa para ir conversar num gabinete vizinho com seu confessor, que chegara atrasado e que era esperado para o jantar; e o confessor, homem eloqüente, falou-lhe nesse gabinete com tanta veemência e unção que a dama tinha, ao voltar, os olhos úmidos, as faces inflamadas, o passo incerto, a voz trêmula.

Então Babuc começou a temer que o gênio Ituriel tivesse razão. O talento que tinha de atrair a confiança colocou-o naquele mesmo dia a par dos segredos da dama: esta confiou-lhe sua atração pelo jovem mago, e garantiu-lhe que em todas as casas de Persépolis encontraria o equivalente do que vira na sua. Babuc concluiu que uma tal sociedade não podia subsistir; que o ciúme, a discórdia, a vingança deviam assolar todas as casas; que lágrimas e sangue deviam correr todos os dias; que certamente os maridos matariam os galanteadores de suas mulheres ou seriam mortos por eles; e que enfim Ituriel fazia muito bem em destruir de uma vez por todas uma cidade abandonada a contínuas desordens.

Estava mergulhado nessas idéias funestas, quando se apresentou à porta um homem grave, de manto negro, que pediu humildemente para falar com o jovem magistrado. Este, sem sequer levantar-se, sem sequer olhá-lo, deu-lhe altivamente e com um ar distraído alguns papéis e despediu-o. Babuc perguntou quem era aquele homem. A dona da casa respondeu em voz baixa: "É um dos melhores advogados da cidade. Estuda as leis há cinqüenta anos. Este senhor, que tem apenas 25, e que é sátrapa da lei há dois dias, encarregou-o de fazer a síntese de um processo que deve julgar, e que ainda não examinou. – Este jovem estouvado faz muito bem, diz Babuc, em pedir conselhos a um ancião; mas por que não é este ancião que é juiz? – Estais zombando de nós, responderam-lhe; nunca aqueles que envelhecem nos cargos laboriosos e subalternos ascendem às dignidades. Este rapazote exerce um alto cargo porque o pai é rico, e aqui o direito de julgar é comprado como um sítio. – Ó costumes! Ó maldita cidade!, exclamou Babuc; eis o cúmulo da desordem; sem dúvida os que assim compraram o direito de julgar vendem seus julgamentos: não vejo aqui mais do que abismos de iniqüidade."

Quando estava assim expressando sua dor e sua surpresa, um jovem guerreiro, que retornara naquele mesmo dia do exército, disse-lhe: "Por que não quereis que se comprem os cargos da justiça? Pois, de minha parte, comprei o direito de afrontar a morte à frente de dois mil homens que comando; custou-me quarenta mil daricos de ouro, este ano, dormir na terra com o uniforme vermelho trinta noites seguidas, e depois receber duas belas flechadas das quais ainda me ressinto. Se me arruíno para servir o imperador persa, que nunca vi, o senhor sátrapa de toga bem pode pagar alguma coisa para ter o prazer de conceder audiências aos pleiteantes." Babuc, indignado, não pôde deixar de condenar no âmago do coração um país em que punham a leilão as dignidades da paz e da guerra; concluiu precipitadamente que ali deviam ignorar totalmente a guerra e as leis, e que, mesmo que Ituriel não exterminasse aquele povo, ele pereceria devido à sua abominável administração.

Sua má opinião aumentou ainda mais com a chegada de um homem corpulento que, tendo saudado familiarmente toda a companhia, aproximou-se do jovem oficial e disse-lhe: "Não posso emprestar-vos mais do que cinqüenta mil daricos de ouro, pois, francamente, as alfândegas do império só me renderam trezentos mil este ano. Babuc indagou quem era aquele homem que se queixava de ganhar tão pouco; foi informado de que havia em Persépolis quarenta reis plebeus que arrendavam o império da Pérsia, e que entregavam alguma coisa ao monarca.

Após o jantar, foi a um dos mais magníficos templos da cidade; sentou-se no meio de um grupo de mulheres e de homens que ali tinham ido passar o tempo. Um mago apareceu num púlpito elevado e falou longamente do vício e da virtude. Este mago dividiu em várias partes o que não precisava ser dividido; provou metodicamente tudo o que era evidente; ensinou tudo o que já se sabia. Inflamou-se friamente, e saiu suando e sem fôlego. Então toda a assembléia despertou, e julgou ter assistido a uma instrução. Babuc disse: "Eis um homem que fez o quanto pôde para enfadar duzentos ou trezentos concidadãos; mas sua intenção era boa, e não vejo nisso motivo para destruir Persépolis."

Saindo dessa assembléia, levaram-no para assistir a uma festa pública que davam todos os dias do ano: era numa espécie de basílica, no fundo da qual avistava-se um palácio. As mais belas cidadãs de Persépolis, os mais altos sátrapas, dispostos ordenadamente, formavam um tão belo espetáculo que Babuc julgou inicialmente que nisso consistia a festa. Duas ou três pessoas, que pareciam reis e rainhas, logo apareceram no vestíbulo do palácio; sua linguagem era muito diferente da do povo; era comedida, harmoniosa e sublime. Ninguém dormia, todos escutavam em profundo silêncio, que só era interrompido pelos testemunhos de sensibilidade e de admiração públicas. O dever dos reis, o amor da virtude, os perigos das paixões, eram expressos em réplicas tão vivas e tão comoventes que Babuc derramou lágrimas. Não duvidou que aqueles heróis e heroínas, aqueles reis e rainhas que acabara de ouvir fossem os predicadores do império; pensou mesmo em convencer Ituriel a vir ouvi-los, certo de que tal espetáculo o reconciliaria para sempre com a cidade.

Assim que a festa acabou, quis ver a principal rainha que declamara naquele belo palácio uma moral tão nobre e tão pura; conseguiu que o introduzissem nos aposentos de Sua Majestade; levaram-no, por uma pequena escada, ao segundo andar, a um apartamento mal mobiliado, onde encontrou uma mulher mal vestida que lhe disse com um ar nobre e patético: "É impossível viver deste ofício; um dos príncipes que vistes me fez um filho; breve darei à luz; não tenho dinheiro, e sem dinheiro não se pode dar à luz." Babuc deu-lhe cem daricos de ouro dizendo consigo: "Se fosse este o único mal da cidade, Ituriel não teria razão em se zangar tanto."

Dali foi passar a noite entre mercadores de magnificências inúteis. Um homem inteligente, com o qual travara conhecimento, levou-o; comprou o que lhe agradou, e que lhe venderam educadamente por muito mais do que valia. Seu amigo, chegado a casa, mostrou-lhe quanto o haviam enganado. Babuc escreveu em suas tabuinhas o nome do mercador, para que Ituriel não o esquecesse no dia da punição da cidade. Enquanto escrevia, bateram à porta; era o mercador em pessoa que vinha devolver-lhe a bolsa, que Babuc deixara por distração em cima do balcão. "Como podeis ser, exclamou Babuc, tão fiel e tão generoso, se há pouco não tivestes vergonha de me vender bugigangas quatro vezes acima de seu valor? – Não há um só negociante medianamente conhecido nesta cidade, respondeu-lhe o mercador, que não viesse devolver-vos a bolsa; mas enganaram-vos quando vos disseram que vendi o que comprastes em minha loja quatro vezes mais caro do que vale: vendi-o dez vezes mais caro, e tanto isso é verdade que, se dentro de um mês quiserdes revendê-lo, não conseguireis nem essa décima parte. Nada mais justo; é a fantasia dos homens que determina o preço dessas coisas frívolas; é dessa fantasia que vivem os cem operários que emprego; é ela que me dá uma bela casa, uma carruagem cômoda, cavalos; é ela que anima a indústria, que incita o gosto, a circulação, e a abundância. Vendo às nações vizinhas as mesmas bagatelas ainda mais caro do que a vós, e assim sou útil ao império." Babuc, após divagar um pouco, riscou-o de suas tabuinhas.

Babuc, bastante inseguro sobre o que devia pensar de Persépolis, decidiu ir ter com os magos e os letrados: pois uns estudam a sabedoria e os outros a religião; e julgou que pudessem obter a graça para o resto do povo. Já no dia seguinte de manhã dirigiu-se a um colégio de magos. O arquimandrita confessou-lhe ter cem mil escudos de renda por haver feito voto de pobreza, e que exercia um império bastante extenso em virtude do voto de humildade; após o que confiou Babuc a um irmão menor que lhe fez as honras da casa.

Enquanto o irmão lhe mostrava as magnificências daquela casa de penitência, espalhou-se o boato de que Babuc viera para reformar todas as casas. Logo recebeu memoriais de cada uma delas; e todos os memoriais diziam em substância: "Conservai-nos e destruí todas as outras." A acreditar em suas apologias, aquelas sociedades eram todas necessárias; a acreditar em suas acusações recíprocas, todas mereciam ser aniquiladas. Babuc espantava-se de que nenhuma delas, para edificar o universo, tivesse querido imperar sobre ele. Nesse momento surgiu um homenzinho que era um aprendiz de mago, e que lhe disse: "Bem vejo que o fim está próximo, pois Zerdust voltou à terra; as moças assim profetizam quando se deixam pinçar pela frente e chicotear por trás. Assim pedimos vossa proteção contra o grande-lama. – Como!, disse Babuc, contra o pontífice-rei que reside no Tibete? – Exatamente. – Haveis pois lhe declarado guerra e levantais exércitos contra ele? – Não; mas ele diz que o homem é livre e não cremos nisso; escrevemos contra ele pequenos livros que não lê: mal desconfia de nossa existência; só nos condenou, como um senhor que manda exterminar as taturanas das árvores de seus jardins." Babuc tremeu ante a loucura daqueles homens que faziam profissão de sabedoria, ante as intrigas daqueles que haviam renunciado ao mundo, ante a ambição e a cupidez orgulhosa dos que pregavam a humildade e o desinteresse; concluiu que Ituriel tinha boas razões para destruir toda aquela raça.

Tornado a casa, mandou buscar livros novos que lhe abrandassem o desgosto, e convidou alguns letrados a jantar para alegrar-se. Vieram em número duas vezes maior do que convidara, como vespas atraídas pelo mel. Aqueles parasitas comiam e falavam sofregamente; louvavam duas espécies de pessoas, aos mortos e a eles mesmos, e nunca os contemporâneos, exceto o dono da casa. Se um deles dizia uma frase espirituosa, os outros baixavam os olhos e mordiam os lábios, ressentidos por não a haverem dito. Eram menos dissimulados que os magos, pois não tinham tão grandes objetos de ambição. Todos se batiam por um cargo de criado e uma reputação de grande homem; diziam-se na cara coisas insultantes, que julgavam tiradas de espírito. Faziam alguma idéia da missão de Babuc. Um deles rogou-lhe, em voz baixa, exterminar um autor que não o louvara o bastante havia cinco anos; outro lhe pediu a ruína de um cidadão que nunca rira de suas comédias; um terceiro pediu a extinção da Academia, porque nunca conseguira ser ali admitido. Terminado o jantar, todos foram embora sozinhos, pois não havia no grupo inteiro dois homens que se pudessem tolerar, e nem conversar se não fosse em casa dos ricos que os convidavam a cear. Babuc julgou que não haveria grande perda quando essa escória perecesse com a destruição geral.

Assim que se livrou deles, pôs-se a ler alguns livros novos. Ali reconheceu o espírito de seus convivas. Viu com indignação essas gazetas da maledicência; esses arquivos do mau gosto, que a inveja, a baixeza, a fome haviam ditado; essas sátiras vis em que se adula o gavião e se dilacera a pomba; esses romances desprovidos de imaginação, em que se vê tantos retratos de mulheres que o autor não conhece.

Lançou ao fogo todos esses detestáveis escritos e saiu à noite para passear. Apresentaram-no a um velho letrado que não viera engrossar o número de seus parasitas. Este letrado sempre evitava a multidão, conhecia os homens, o que lhe era proveitoso, e se comunicava com discrição. Babuc falou-lhe com desgosto do que lera e vira.

"Lestes coisas bem desprezíveis, disse-lhe o sábio letrado; mas em todos os tempos, em todos os países, e em todos os gêneros, o mau pulula, e o bom é raro. Recebestes em vossa casa o rebotalho do pedantismo, porque, em todas as profissões, o que é mais indigno de aparecer é sempre o que se apresenta com mais impudência. Os verdadeiros sábios vivem entre si retirados e tranqüilos; ainda existem entre nós homens e livros dignos de vossa atenção." Enquanto assim falava, um outro letrado reuniu-se a eles; seus discursos foram tão agradáveis e tão instrutivos, tão elevados acima dos preconceitos e tão conformes à virtude, que Babuc confessou nunca ter ouvido nada igual. "Nesses homens, dizia em voz baixa, o anjo Ituriel não ousaria tocar, ou seria bem impiedoso."

Em paz com os letrados, continuava enraivecido com o resto da nação. "Sois estrangeiro, disse-lhe o homem judicioso com quem falava; os abusos se apresentam profusamente a vossos olhos, e o bem, que está escondido e que por vezes resulta desses próprios abusos, escapa-vos." Soube então que entre os letrados havia alguns que não eram invejosos, e que mesmo entre os magos havia alguns virtuosos. Pensou finalmente que aqueles grandes corpos que pareciam, ao chocar-se, preparar sua mútua ruína eram no fundo instituições salutares; que cada sociedade de magos era um freio para as rivais; que, se seus êmulos divergiam em algumas opiniões, ensinavam todos a mesma moral, instruíam o povo, e viviam submetidos às leis, como os preceptores que velam sobre o filho da casa, enquanto o senhor vela sobre eles. Observou vários deles, e descobriu almas celestes. Percebeu que, até mesmo entre os loucos que pretendiam declarar guerra ao grande-lama, havia grandes homens. Começou em suma a desconfiar que os costumes de Persépolis deviam ser como seus edifícios: alguns lhe pareciam dignos de piedade, e outros o enchiam de admiração.

Disse ao letrado: "Reconheço que esses magos, que eu acreditara tão perigosos, são de fato muito úteis, sobretudo quando um governo equilibrado não os deixa tornarem-se muito necessários; mas reconhecereis ao menos que vossos jovens magistrados, que compram um cargo de juiz assim que aprendem a montar a cavalo, devem espalhar nos tribunais tudo o que a impertinência tem de mais ridículo, e tudo o que a iniqüidade tem de mais perverso; seria sem dúvida melhor dar esses cargos gratuitamente a velhos jurisconsultos que passaram a vida inteira pesando os prós e os contras."

O letrado replicou-lhe: "Vistes nosso exército antes de chegar a Persépolis; sabeis que nossos jovens oficiais lutam muito bem, embora tenham comprado os cargos: talvez nossos magistrados não julguem mal, embora tenham pago para julgar."

Levou-o no dia seguinte ao tribunal supremo, onde deviam tomar uma decisão importante. O caso era conhecido por todos. Todos os velhos advogados que o comentavam tinham opiniões incertas; alegavam cem leis, nenhuma das quais aplicável ao fundo da questão; olhavam o caso por cem ângulos, nenhum dos quais esclarecia-o de fato: os juízes decidiram mais rápido do que os advogados supunham. Sua decisão foi quase unânime; julgaram bem porque seguiam as luzes da razão; e os outros opinavam mal porque só haviam consultado os livros.

Babuc concluiu que sempre havia coisas muito boas nos abusos. Viu nesse mesmo dia que as riquezas dos financistas, que tanto o haviam revoltado, podiam produzir um efeito excelente, pois, quando o imperador precisou de dinheiro, conseguiu em uma hora, por seu intermédio, o que não teria conseguido em seis meses pelas vias normais; viu que aquelas nuvens pesadas, repletas do sereno da terra, rendiam-lhe em chuva o que ela lhes concedia. Além disso, os filhos desses homens novos, muitas vezes mais bem educados que os das famílias mais antigas, tinham por vezes mais valor: pois nada impede que se seja um bom juiz, um bravo guerreiro, um homem de Estado hábil, quando se teve um pai que calculava bem.

Insensivelmente Babuc perdoava a avidez do financista que no fundo não é mais rapace que os outros homens, e é necessário. Desculpava a loucura de arruinar-se para julgar e para combater, loucura que produz grandes magistrados e heróis. Perdoava prodigamente os letrados, entre os quais se encontravam homens que esclareciam o mundo; reconciliava-se com os magos ambiciosos e intrigantes, entre os quais havia mais grandes virtudes do que pequenos vícios; mas restava-lhe ainda muitos senões, sobretudo no que concernia às galanterias das mulheres; a desolação que as seguia enchia-o de preocupação e de temor.

Querendo penetrar em todas as condições humanas, fez-se apresentar em casa de um ministro; mas não cessava de temer, no caminho, que uma mulher fosse assassinada em sua presença pelo marido. Chegado ao gabinete do homem de Estado, ficou duas horas na antecâmara antes de ser anunciado, e mais duas horas depois de sê-lo. Prometia-se, durante este intervalo, recomendar ao anjo Ituriel tanto os ministros quanto seus insolentes meirinhos. A antecâmara estava repleta de damas de todas as classes, de magos de todas as cores, de juízes, de mercadores, de oficiais, de pedantes; todos se queixavam do ministro. O avarento e o usurário diziam: "Este homem explora sem dúvida as províncias"; o caprichoso reprovava-lhe a esquisitice; o voluptuoso dizia: "Ele só pensa em seus prazeres"; o intrigante gozava ao pensá-lo em breve vítima de uma cabala; as mulheres esperavam que lhes dessem logo um ministro mais jovem.

Babuc ouvia esses discursos; não pôde deixar de pensar: "Este homem é bem feliz, tem todos os inimigos na própria antecâmara; esmaga com seu poder os que o invejam; tem a seus pés os que o detestam." Finalmente entrou; viu um ancião curvado sob o peso dos anos e das ocupações, mas ainda vivaz e cheio de espírito.

Babuc agradou-o, e ele pareceu a Babuc um homem respeitável. A conversa foi ficando interessante. O ministro confessou-lhe ser um homem muito infeliz, que passava por rico e era pobre; que julgavamno todo-poderoso, quando era sem cessar contrariado; que não agraciara senão ingratos, e que durante quarenta anos de contínuo trabalho tivera quando muito um momento de consolo. Babuc ficou comovido, e pensou que, se aquele homem tinha cometido erros e o anjo Ituriel quisesse puni-lo, não precisava exterminá-lo; bastava conservá-lo em seu posto.

Enquanto conversava com o ministro, entrou bruscamente a bela dama em casa de quem Babuc jantara;

viam-se em seus olhos e em suas faces os sintomas da dor e da cólera. Explodiu em recriminações contra o homem de Estado, caiu em pranto; queixou-se com amargura que haviam recusado a seu marido um cargo a que seu nascimento permitia-lhe aspirar, e que seus serviços e seus ferimentos mereciam; exprimiu-se com tanta convicção, misturou tantas graças às suas queixas, destruiu as objeções com tanta habilidade, fez valer suas razões com tanta eloqüência, que não saiu do gabinete sem haver feito a fortuna do marido.

Babuc ofereceu-lhe o braço: "Como é possível, senhora, disse-lhe ele, que tenhais vos esforçado tanto por um homem que não amais, e do qual só tendes a temer? – Um homem que não amo!, exclamou a mulher; ficai pois sabendo que meu marido é o melhor amigo que tenho no mundo, que não há nada que não sacrifique por ele, com exceção de meu amante; e que ele faria tudo por mim, salvo deixar sua amada. Faço questão de apresentá-la a vós: é uma mulher encantadora, cheia de espírito e de excelente caráter; cearemos juntas esta noite com meu marido e meu jovem mago, vinde partilhar nossa alegria."

A dama levou Babuc à sua casa. O marido, que finalmente retornara mergulhado na dor, reviu a mulher com transportes de alegria e reconhecimento: beijava sem cessar a mulher, a amada, o jovem mago e Babuc. A união, a alegria, o espírito, as graças foram a alma daquela ceia. "Sabei, disse-lhe a dama em casa de quem jantava, que aquelas que por vezes são chamadas de desonestas têm quase sempre o mesmo mérito de um homem honrado; e, para vos convencerdes disso, vinde amanhã cear comigo em casa da bela Teone. Há algumas velhas vestais que a fazem em pedaços; mas ela faz mais bem que todas elas juntas. Não cometeria a mais ínfima injustiça pelo maior interesse; só dá a seu amado conselhos generosos; só se preocupa com sua glória: este coraria diante dela se deixasse escapar uma ocasião de fazer o bem, pois nada incita mais às ações virtuosas do que ter como testemunha e juiz de sua conduta uma amante de quem se quer merecer a estima."

Babuc não faltou ao encontro. Viu uma casa em que reinavam todos os prazeres. Teone reinava sobre eles; sabia falar com cada um em sua própria linguagem. Seu espírito natural punha à vontade o dos outros; agradava quase sem querer; era tão amável quanto benevolente; e, o que aumentava ainda mais o valor de todas suas bondades, era bela.

Babuc, embora cita e enviado de um gênio, percebeu que, se continuasse em Persépolis, trocaria Ituriel por Teone. Começava a afeiçoar-se à cidade, cujo povo era educado, afável e benévolo, embora leviano, intrigante e cheio de vaidade. Temia que Persépolis fosse condenada; temia até o relatório que faria.

Eis o que tramou para apresentar esse relato. Mandou fundir no melhor artesão da cidade uma pequena estátua composta pelos mais preciosos metais, terras e pedras, e também pelos mais vis; levou-a a Ituriel: "Acaso destruiríeis, disse, esta bela estátua por não ser feita apenas de ouro e diamantes?" Ituriel entendeu a alusão; decidiu que nem mesmo tentaria corrigir Persépolis, e que deixaria *o mundo tal como está*, pois "*se nem tudo está perfeito, tudo está aceitável.*" Persépolis foi portanto poupada, o que Babuc não lamentou nem por um instante, ao contrário de Jonas, que se aborreceu por não terem destruído Nínive. Mas alguém que passou três dias no ventre de uma baleia não está de tão bom humor quanto alguém que foi à ópera, à comédia e ceou em boa companhia.

IMPRESSÃO E ACABAMENTO
Cromosete
GRÁFICA E EDITORA LTDA.
Rua Uhland, 307 Vila Ema
03283-000 São Paulo SP
Tel./Fax (11) 6104.1176
E-mail cromosete@uol.com.br